逆転　リベンジ

牛島　信

JN282172

幻冬舎文庫

逆転　リベンジ

目次

攻撃

社長は取締役会で決める、取締役は株主が集まって選ぶ。だから、そもそも株式会社は株主のものなのだそうだ。しかし、誰も本気でそんなことを信じてはいない。

取締役は社長が選ぶ、取締役会は社長の独演会、そして会社は社長のもの。それが現実の姿ではないのか。

疑う者は誰でもいい、サラリーマンに聞いてみたらいい。

「株主？　ああ、株主さんは会社の外の方でしょう。ウチの方は、社長の下で皆しっかり働かされてますから」

そういう答えが返ってくるはずだ。

平成十四年五月二十三日、エレクトロ貿易株式会社の取締役会が、東京・南青山にある本社ビル十四階の会議室で開かれていた。社長の大橋興次《おおはしこうじ》が小柄な体が隠れてしまいそうな巨大なテーブルの片側に座って、次々と議事をさばいている。大橋のほかに声を出す者はいなかった。

エレクトロ貿易は東証一部上場の商社として、多少は世間に知られている。昔は石炭を掘る会社だったのを、今の社長の大橋興次が電子部品の専門商社にすっかり作り替えてしまったのだ。社名も常磐《じょうばん》石炭鉱業所という名前から今の横文字になって久しい。

従業員五百人、売り上げは年に一千億円足らず。だが利益は毎年コンスタントに五十億円以上あげていた。流行《はや》りの外国人株主も多い。

大橋の声が一段と高くなった。

「最後に、来月の株主総会で取締役を改選することになるから、そのことについて諮《はか》ります。今回は大沢《おおさわ》君に辞めてもらって、代わりに営業第三部長の山仲《やまなか》君を入れようと思います。以上」

そこまで大橋が喋《しゃべ》った時、突然、テーブルの反対側に座った二人の男が顔を見合わせて頷《うなず》き合った。攻撃の合図だった。二人は椅子を鳴らして同時に立ち上がると、

「代表取締役社長の解任動議を提出します」

と、声をそろえて叫んだ。

二人の動議を待ち構えていたように、大橋のすぐ左手側に席を占めている副社長の三田尻《みたじり》が声を震わせながら、

「ただいま代表取締役社長を解任する動議が出ましたので、社長は議長を続けることができません。ですから、以後、私が議長を務めます」

さらに大きく息を吸い込んで、

「社長の退席を求めます。社長本人は特別利害関係人ですから、審議に参加することが許されません」

と一気に喋った。太った大きな体が、緊張のせいか小刻みにふるえている。

大橋興次は三十八歳で取締役に抜擢《ばってき》され、四十五歳で社長になった。今年で七十八歳になる。その間の四十年、文字通り会社の事業の総替えをなし遂げたのだ。

（私はこの会社を事実上創業したといっていい。だから、自分は死ぬまで会社の将来に責任がある。人の命には限りがある。しかし、会社の命には限りがあってはならない。会社は個人と違ってゴーイング・コンサーン、永遠の命を持つものなのだ）

大橋はそう強く自覚して、六十歳を過ぎてからは後継者の育成を自分に課してきた。だから一人息子の洋太郎《ようたろう》を会社に入れた。大橋が六十歳の時のことだ。

当時二十七歳だった洋太郎はオペラのテノール歌手になるのだと言ってイタリアにいた。それを無理やり日本に連れ戻してエレクトロ貿易に入れた。会社のためだった。その洋太郎も今では取締役社長室長になって大橋を助けてくれている。

大橋は、今度の株主総会を最後に、社長から退くつもりだった。後継はもちろん息子の洋太郎だった。マスコミにもそう発表していた。

社内、中でも取締役レベルに反発する空気のあることは大橋も承知していた。もともと大橋は創業者でもその家系でもなかったし、持ち株といってもサラリーマン社長の域を越えていない。

しかし、結局のところ、いざ実際の動きとなると取締役たちからは愚痴《ぐち》とため息が出るばかりだった。エレクトロ貿易の取締役たちは、大橋と年齢の近い古参の取締役たちとその下の若い取締役との二つのグループに分かれていて、これまでも大橋はその二つをうまく操縦してきていたのだ。

だが、企業を取り巻く環境は、大橋やエレクトロ貿易の取締役たちの知らないところで大きく動いていた。

洋太郎が新社長に就任するという新聞辞令の出たすぐ後、ニューヨークの買収ファンドが動きだした。ファンドの日本代表というアメリカ人とアシスタントの日本人が橋渡し役となり、取締役の二つのグループを説得して反大橋連合を作り上げた。

年嵩《としかさ》の取締役たちは洋太郎に飛び越される立場だから、洋太郎の社長就任の次に来るものが自分たちの首であると恐れていたし、若い取締役たちにしてみれば、洋太郎への世襲を許すことなどできないと感じていたのだ。

これまで大橋を支えてきたメーンの銀行に代わってファンドが資金を出し、三田尻以下の取締役たちが大橋抜きの会社を経営する計画だった。賛成する取締役たちにはストック・オプションが用意されるので、巨額の報酬が転がり込むことになるという話も出ていた。

事が始まるまで不安だった。しかし、動きだしてしまえば案外と度胸が座る。三田尻は、

「社長、早く退席してください」

と、今度は部屋に響きわたるような声をあげた。

「何をばかなことを言っているんだ」

そう大橋が反論しようとするのを、テーブルの反対側に座った総務部長兼務の新井《あらい》取締役が遮《さえぎ》った。

「法律で決まっていることです」

新井はそう叫ぶと、部屋の片隅の細長いテーブルに座っている事務方の男たちの方を振返るや、

「寺田《てらだ》君、総務の人間を呼びなさい」

と大声で命令した。

総務部次長の寺田が弾《はじ》かれたように出口に駆け寄って乱暴にドアを開ける。廊下から三人の若い男たちが部屋になだれ込んできた。

予定されていたように小走りに大橋の後ろに回る。

「社長がしばらく退席されるから、社長室までお送りするように」

新井取締役総務部長が勝ち誇ったように言った。

大橋はすぐ後ろに立っている男たちには一瞥《いちべつ》もくれず、立ち上がると、

「君ら、自分のしていることの意味が分かっていない。後悔することになるぞ」

そう言いながら、大股でゆっくりとドアに向かった。洋太郎は、突然の出来事になすすべもなく自分の席に腰掛けて目を瞑《つむ》ったままだった。

同じフロアにある社長室に戻ると、秘書の山辺《やまべ》律子《りつこ》が頭を下げてうやうやしく大橋を迎えた。いつもの通りの動作だ。入社したての山辺律子が大橋の秘書になってから、もう二十年になる。

「君、ちょっと」

そう言って、大橋は律子を部屋の中に招き入れた。

取締役会場では、大橋がいなくなった途端、誰もがにわかに饒舌《じょうぜつ》になっていた。

「それでは、大橋興次氏を代表取締役と社長のどちらからも解任することを、改めて皆さんにお諮りします」

そこまで三田尻が言った時だった。突然、部屋の照明がすべて消えた。部屋の大きさに比べて窓の小さな造りだったうえ、あらかじめブラインドが閉めきられていたから、まさに真っ暗といった感じになった。

「何だ、おい、どうしたんだ」

三田尻が事務局の方に向かって声を荒らげる。

次の瞬間、天井のスプリンクラーからどっと水が落ちてきた。

全員が立ち上がった。

その時だった。ドアが開くと、女性ばかり二十人くらいが、頭に防災用の白いヘルメットを被《かぶ》った姿で乗り込んできた。先頭には律子がいて、ハンドマイクを握っている。

「皆さん、急いで避難してください。ここは危険です。繰り返します、すぐに避難してください」

律子が叫んでいる間に、入ってきた女性たちは二人一組になって取締役の脇にさっと寄り、左右の手首を摑《つか》むとそのまま引っ張りながらドアに向かって駆けだした。

十分後、律子から報告を聞くと、大橋は上機嫌で電話をかけさせた。相手は顧問弁護士の大木《おおき》だ。

「いやあ先生、見せたかったよ、連中の格好」

自分では見てもいない光景を得々《とくとく》と説明しながら、大橋の声には笑いが混じる。

「あんな、あんな、小説や映画みたいなことが我と我が身に起こるなんて、想像もしませんでしたよ。でも、あんなことくらいじゃ、この大橋興次、へこたれません。この四十年の間にはもっと大変なことがいくらもありました。幸い、私には山辺律子君っていう強い味方がいますからね。連中は知らないけど、会社ってものには、社内のオフィシャルな組織とは別に、裏組織があるんですよ。特に女性たちは違うんだ。世の中、自分に見えるものだけが存在すると信じ込んでいると間違うということです」

大橋は唇を引き締めて続けた。

「そりゃあ先生、もちろん、すべて会社のためにやったことです。そうでなくっちゃ、こんな無茶なことはできない。でも、先生が反対したって会社のためにどうしても必要なら、私はやりますよ。もっとも、その時には先生に相談したりはしませんけどね」

電話の向こうで、大木弁護士は苦笑していた。大橋とはもう十年以上の付き合いになる。

椅子のリクライニングを戻すと、大木は淡々とした調子で言った。

「とにかく大橋さん、いいですか、取締役会はいずれ開くしかありません。法律の上からは一人の取締役でも取締役会を開くことができるんです」

「大丈夫、先生。私が一人一人と話す。一対一で話せば、誰も私に反対なんかできっこないんです。私にはようく分かっている」

それには答えず、大木は、

「取締役から書面で請求があったら、遅くとも二週間で取締役会になります」

と事務的に付け加えた。


だが、大橋がエレクトロ貿易の取締役会に出席することは二度となかった。

取締役会の翌日の新聞に、公開買付の公告が出た。二十センチ四方で紙面のごく一部を占めるに過ぎなかったが、エレクトロ貿易の取締役たちにとっては決定的な意味を持つものだった。

三田尻たちに接近したファンドは、三田尻らが失敗することも考慮にいれて、絶対不敗の作戦を採用していたのだ。公告には「エレクトロ貿易の全株式の三分の二を、時価の四割増しで買い取る。期間は二十日間」とあった。

こうした会社の買収のための公開買付が行われると、その買収の対象であるエレクトロ貿易側の法的対抗策は、緊急増資しかない。味方に第三者割当をして自分の陣営の株数が買収側より多くなるようにするのだ。

しかし、第三者割当増資をするには、取締役会の決議が要《い》る。そして工レクトロ貿易の取締役会をすぐに招集することができるのは大橋だけなのだ。大橋は取締役会を開けば、何が起こるか知っている。だから、大橋が取締役会を招集することはあり得なかった。三田尻らはもう二度と纏《まと》まることができなかった。

二十日間が過ぎて、ファンドは目標通り、エレクトロ貿易の株の三分の二の株を握った。そして、そうなってみるとファンドにとっては、大橋も大橋以外の取締役も「会社の将来には必要がない」という意味では同じことだった。

ひと月後、エレクトロ貿易から旧役員が一人残らず姿を消した。新しいエレクトロ貿易のスタートだった。

逆転

「おい、上和住《かみわずみ》、今日夕飯、行くぞ！　俺のシマでシマアジやろう」

上司の秋田《あきた》常務からメールだった。突然の夕食の誘いだ。

それにしても、少し違うのではないかと思う。われわれの世代の人間には、話し言葉をそのままメールにするのは相応《ふさわ》しくない、という気がする。それに下らない駄洒落《だじゃれ》と強圧をゴッチャにするのも、上和住の趣味ではない。

上和住恭《きょう》、五十三歳。東京電極製造株式会社営業第二部部長。関東大学卒。妻と二十七歳と二十五歳の娘二人。長女はシンガポールに夫といる。次女は大学を出て入った会社を一年で辞めて、一人でニューヨークにいるらしい。

山手線の駅から二十五分の私鉄沿線のマンションに住んでいる。趣味はゴルフ、と言いたいところだが、最近はすっかり機会が減った。それで空いた時間を、妻と近所へ買い物に出かけたり散歩したりでつぶしている。目下《もっか》の心配の種は近い将来のこと。会社の業績が悪化してからもう何年にもなる。「いつか」という不安があるが、いつも「これまでもったのだから自分のいる間は大丈夫だろう」と漠然と思って終わる。

東京電極といえば、冷蔵庫や電子レンジといった家電の部品製造会社として、業界では知られている。しかし、消費者の目に直接触れることはないから、世間的には有名ではない。

昔は年商一千億円を超えたこともあったが、ここ十年は売り上げが減少気味で、去年は七百億円を切った。海外展開に乗り遅れたのだ。東証の一部に上場しているが、株価も二百円を超えることは珍しい。

「いやあ、久しぶりだな、君とこうやって二人で飯を食うのは。奥さん、元気かい」

秋田圭介《けいすけ》は営業担当の常務だから直接の上司だ。しかし、上和住にとっての秋田はそれだけではない。

上和住が東京電極に入ったことからして、大学の先輩だった秋田が強引に勧誘したからだった。結婚にしても、酒を飲みながら秋田に「おい、いいのがいるぞ。俺の女房の友達の妹なんだが、見たとこは可愛らしいのに、芯《しん》はなかなかしっかりしてる。今のさえいなきゃ、俺の女房にしたいくらいの玉だ」と言われたからだ。見合いというほど正式なものじゃない出会いをして、結婚した。

入社してすぐの仙台勤務の時、支店長と何度も衝突して辞める決心をして、ただ知らせるだけのつもりが、結局説得されてしまったのも、秋田との懐かしい思い出だった。

秋田は、9・11以来の国際情勢の話から始めて、小泉政権批判をとうとうとぶちはじめた。秋田の好きな岐阜の冷酒が次々と運ばれる。

上和住には、秋田が自分と二人だけで話をしたい理由が、少なくとも上和住自身にとっては重要なことだと分かっていた。上和住は、次のポストが社内になければ外に出るところにきている。そして、次があるということは取締役になるということだ。

「ところで、お前、営業好きか」

秋田が突然のように尋ねる。

「会社に入ってから営業ばっかりですよ、好きも嫌いもありゃしない。嫌だな、常務、知ってるじゃないですか」

と言ってから、上和住は慌てて付け加えた。

「もっとも、結構楽しんできましたけどね」

秋田は上和住の答えには興味を示さず、

「これからは、お前も、もっと幅を広げんとな」

と下を見たまま言った。

上和住の胸に戦慄《せんりつ》が走る。喜びを抑えて、ゆっくりとグラスをテーブルに戻すと、

「え？」

と、わざとよく聞こえなかったふりをした。秋田は、今度は手に握ったぐい呑《の》みの中を見つめている。

「いや、ウチも関係会社が多い割には、うまくグリップ効かしてないからなあ、知っての通

り」

そう秋田が言うのに、間髪を容《い》れず相づちを打つ。

「確かに、確かに。関係会社って大事ですからね」

言葉を返しながら、上和住は「取締役投資会社部長になったぞ」と妻に話しているわが姿を思い浮かべていた。

「だから、お前をやることにした」

そう秋田が言った。今度は上和住の顔を正面から見据えている。

「いいか、電極産業はウチの子会社の中でも最も重要だってことは知ってるな。あそこに行ってくれ。ウチの代表選手になって、あそこの葬式をやるんだ。何年かかるか分からんが、その間にあそこで取締役っていう話になるかもしれない。あそこをうまく成仏させたら、本社に戻って次をやってくれっていうことになる。間違いない、ウチにはほかにも葬式を出さなきゃならんところが沢山ある」

確かに電極産業は、東京電極にとって最重要の子会社に間違いなかった。会社発祥の地である栃木工場を別会社にしたのが五年前のことだ。その前から東京電極の大きな荷物だった。もう日本に工場など要《い》らないのだ。回復の見込みはゼロだった。

「私なんかにできますかねえ」

そう言うのが精一杯だった。本社から出ていけ、ということなのだ。

それでも、秋田がいるから自分は本社に繋《つな》がっている。秋田がいなければ、子会社の取締役にもなれないかもしれない。それに、また本社に戻る可能性もある。何にしても、秋田に感謝しなくては。帰りの電車の吊《つ》り革に摑《つか》まって揺れながら、そう自分に言い聞かせていた。


ひと月後、同期入社の田所《たどころ》が本社の取締役候補になったと聞いて、上和住はすべてを悟った。秋田は、田所にとって上和住がいては目障《めざわ》りになるだろうと、上和住を会社から追い出したのだ。要するに、上和住は会社にとって不要ということだった。

自分がこんなにショックを受けるとは、予想もしなかった。長いサラリーマン人生だ、何度も絶望したり憤怒《ふんぬ》を覚えたりした。だが、すべて仕事の中に紛れてしまった。

だが今度は違う。どうして、という問いは上和住には無意味だった。秋田が自分ではなく他の人間を選んだことが許せなかった。正面切って言う代わりに、おためごかしを言って切り抜けたことが、怒りを正当なものに思わせた。

何より、自分の愚かさ加減がしゃくでしゃくでならなかった。自分をこうした目に遇《あ》わせた秋田に感謝の言葉まで捧《ささ》げたのだ。

あの男に復讐《ふくしゅう》してやる、という思いが頭にこびりつく。

夜、一人で眠れないままに、秋田への復讐の方法を一つ一つノートに書き上げる。社長への匿名《とくめい》の投書、秋田のパソコン発の狂ったメール、深夜の帰宅を待ち伏せてのサンド・ウェッジでの後頭部への一撃。具体的に文字に起こしていくと、体の芯が熱くなってくる。

だが、上和住は自分が決して行動しないことを心の奥底で感じていた。認めたくなかったが、今の生ぬるい境遇から飛び出す勇気は、上和住の体中のどこを探しても残っていなかったのだ。そのことが、上和住を無力感に浸《ひた》した。


子会社に移ってしまった上和住に電話をかけてくる人間はいない。だから、電話を取った女性から「大木っていう人から電話ですよ」と言われて、上和住にはすぐには誰のことか思い出すことができなかった。

「やあ、君か」

先日の高校の同窓会で会った、昔の同級生だった。弁護士だと名乗るのに対して、東京電極に勤めている、と答えたと思う。

土曜日、大木の法律事務所なるところへ出かけた。

「いやあ、休みに済まない」

そう言ってから、大木はあるプランを切り出した。

「東京電極、長くないよ。不祥事がもうすぐ暴露される。在《あ》り来《きた》りのことさ、数字の粉飾なんて。だけど、してはいけないことだ。皆で渡った赤信号なのに、一人だけ捕まることもある。

僕が代理している会社、というかファンドっていうか、が東京電極を捨て値で買うことになる。その手伝いを君に頼みたいんだ。人に関する内部情報が欲しい。誰を残すかのため、さ」

そこまで聞いたところで、上和住は大木を遮《さえぎ》った。もう限度だった。

「君、何か変じゃないか。僕は東京電極の社員だよ。その人間に会社の情報を外へ漏《も》らせって、尋常じゃない。弁護士の言うことかい」

「いや、僕は決して違法なことを頼んだりはしない。君はただの子会社の従業員だ、取締役ではない。だから、退職後に何か会社への義務を負うって立場じゃない」

「えっ、君は僕に会社を辞めろって言うのか」

上和住が驚いて叫ぶと、大木はひとテンポ置いてから、にっこりと微笑《ほほえ》んで、

「東京電極は、君がいてもいなくても、つぶれる。つぶれれば、君の未来はない。僕に協力してくれれば、君は僕と一緒に、今の会社の大掃除をやる。

もちろん、この話にはリスクがある。ビジネスだからね。そのリスクは君の一方的なリス

クだ。そのリスクをとるかどうかは、君が決めることだ。

でも、この世にリスク・フリーのものなんて存在しない。僕らが子供だった時、何て言われて育てられた？　『勉強して、いい大学に入れば一流の会社に入れる。そうすれば、楽しい人生を送ることが保証されている』さ。

それは、本当だったかい？　君の信じた『保証』は存在したかい？

そんなもの、初めっからなかったんだ。『話が違う』って？　でも、せんじ詰めた話、われわれはこの生身をざらざらとしたコンクリートの表面に擦《す》りつけて、血を滲《にじ》ませながら生きてゆくほかないんじゃないか」

そうだった。そうに違いなかった。そんなはずではなかった。だが、現実はそうなのだ。


二カ月後、メーンを中心にした銀行団が総額一千五百億円という巨額の債権放棄をして、東京電極の買収話が落着した。監査役になった大木は、上和住を社内調査チームの顧問のような立場に置いた。常勤の役職で、報酬はこれまでを優《ゆう》に上回る。

深夜、もう人々が寝静まった住宅街にタクシーを乗り入れる。車の音が周囲に響いて気が引けるが、顧問になってから毎晩のことだ。

マンションの玄関口の前でタクシーを降りると、男が一人走り寄ってきた。思わず身構える。上和住は、自分の動きが一瞬凍りついて、顔がこわばるのを感じた。

「上和住さん」

男が低い声を出した。秋田だった。

「上和住さん、会社が私のことを調査しているそうだけど、私は何も悪いことしてはいないんです。社長に言われた通りやっただけなんです。分かってください」

秋田は、上和住に頭を下げたまま、絞り出すように訴えた。上和住は、調査チームが最近、海外への投資に絡んでの不正経理の調査を始めたことを思い浮かべた。

「秋田さん、まあ、どうされたんですか」

そこまで言って、言葉を止めた。

「上和住さん、昔のよしみで何とかよしなにしてもらえないものだろうか」

もう一度、秋田がかすれた声を出した時、上和住は、自分で選んだ新しい役割が、いかにもクッキリと縁取《ふちど》られたものであることに新鮮な感動を感じた。

上和住は秋田に言った。

「秋田さん、僕が勝手に決めるんじゃないんです。事実が決めるんです」

勇退

雨だった。小さな雨粒が絶え間なく窓ガラスに当たって、次々と下に流れ落ちてゆく。春の雨だ。

浪速《なにわ》造船株式会社の本社ビル四階にあるオフィスで、水森健三《みずもりけんぞう》は煙草《たばこ》をくわえたまま外の風景をぼんやり眺めていた。窓ガラスに自分の顔が映っている。髪が減って顔の肉が垂れ下がりはじめていた。この古びたビルの、このオフィスに来てからもう十五年になる。外の景色は随分と変わったが、内側は何一つ変わっていない。水森の使っているような、ニスの剝《は》げた木製の片袖机《かたそでづくえ》がある会社など、今どき日本中どこを探しても見当たらないのではないか。初めてこのオフィスにやって来た日からずっと、小さな肘《ひじ》掛けのついた灰色のビニール椅子に腰掛け、その机に向かって仕事をしてきた。まだ三十代だった水森は、もうすぐ五十五歳になる。定年まで後二年だ。

煙草をオフィスの中で吸うことができるのは、水森のいるのが浪速造船本体ではなく、子会社、それも本社ビルを管理している浪造《なみぞう》ビルというちっぽけな子会社だからだ。本社ではもう何年も前から、オフィス内での喫煙は禁止されている。

窓に背を向ける。擦《す》り切れた応接セットと机四つがすべてだ。中込陽次《なかごめようじ》と河田清子《かわだきよこ》、それに水森の分。もう一つの机は矢部透《やべとおる》のものだが、いつも空いている。本社の関係会社管理部長が本業だから、この部屋に来ることはまずないのだ。

水森は、浪造ビル株式会社の代表取締役社長だ。といっても、水森以外の取締役は本社の人間である矢部と中込陽次の二人だけだ。中込は、浪速造船がこのビルを買う前から、ビルの管理をしている。実のところ、水森も中込も取締役といったところで、ビルの作業員と何一つ違いはしない。中込はもう七十近いのだが、このビルのことを何もかも知り尽くしているから、重宝《ちょうほう》されて働きつづけている。

水森は浪造ビルに来る以前は、浪速造船で営業部に所属していた。西日本のお得意を担当して、独楽鼠《こまねずみ》のように動き回っていた。昭和四十三年に大学を出ると同時に、当時日本の造船業界の雄《ゆう》の一つだった浪速造船に入った。子供のころから船が好きだった。だから船を造る仕事に係わりたくて浪速造船に就職することを希望したのだ。

今となると、本当に造船が好きだったのかどうか、自分で自分が分からなくなる。水森が子供のころ、日本が世界一なのは造船だけだった。「世界一」という格好の良さに引かれていただけなのか、と思うこともある。

今更、どちらでもいいことだ。

電話が鳴った。事務の河田清子が取って、「水森さん、本社の人事部長さんがお呼びです」と告げた。ぎくりとした。人事部長からの用件がいい話のはずがない。

「君、もうお子さん大きかったよな。確か、上がお嬢さんでもうめでたく結婚してらっしゃる。下の息子さんも、もう大学を卒業して立派なサラリーマンだっけ」

水森の顔を見るなり、人事ファイルを見てきたばかりの知識で人事部長の横井《よこい》純男《すみお》が喋《しゃべ》りかけてきた。見事な銀髪が青白い顔とメタルフレームの眼鏡に似合っていた。

「ええ、でも、娘は大金かけて大仰《おおぎょう》な結婚式をしたと思ったら、たった一年半で離婚しましたし、息子はせっかく入った会社を辞めて、海外を放浪中でして、どこにいるやら連絡もつきません」

と言おうとしたが、黙っていた。水森の沈黙などお構いなしに、横井は続けた。

「会社としては、やはりそれぞれの社員の個人的な事情もできるだけ考慮したいんだ。その点、君はお子さんも育ち上がってるし、子育ての間とにかく浪速造船で働いてきたことは確かなんだから、まあ、こんなお願いをしてもそう罰は当たらんかなと思ってね。

実は、そろそろ勇退してほしいんだよ。分かってくれるだろう。君は五十七の定年まではまだ二年と少しある。だけど君、人間五十七にもなっちゃあ、第二の人生のスタートといったって遅過ぎる。早く出発した方がいいに決まっているさ。だからこそ会社もそれを後押ししたいといろいろ考えてるんだ。知っているだろう、自発的に早期退職した方々には、退職金を上積みする。まあ、十分な額とは言えないかもしれないが、今のウチの会社の状況は君も知っての通りだから、会社としては社員のために無理をしているんだよ。コーポレート・ガバナンスからいうと、株式会社なんだから株主第一であるべきで、社員にこんなに退職金を弾《はず》んではいかんのだろうがね。アーッハッハハー」

何がおかしいのか、最後に引きずるような笑いまでついていた。横井にとっては、何度も繰り返し済みの台詞《せりふ》に違いない。ひょっとしたら、笑い声まで、そっくりそのままかもしれなかった。

ついに来た。いずれ来るとは分かっていた。水森の周りでは、もう何人もが、こうして早期退職勧奨《かんしょう》制度に乗って辞めていった。五十五歳になる直前までソレが来なかったのだから、水森は運が良かったというべきなのかもしれない。もっとも、子会社に長い間放り出されていたから、もうとっくに忘れられているのだろう、という希望的観測もないではなかった。

「分かりました。でも、少し考えさせてください」

水森がやっとそう口に出すと、待っていましたとばかり、横井が身を乗り出した。

「いや、大丈夫だ。後任は太田《おおた》君が引き受けてくれた。君としても後の仕事がどうなるか気がかりでは、安心して引退もできんだろうからなあ。そこはちゃんと措置《そち》済みだ」

浪速造船の本社ビルは港区西麻布の外苑西通り沿いにある。ファッショナブルな街の中で、古ぼけた七階建てのビルが異様な雰囲気を醸《かも》しだしていた。要するに、日本橋にあれば特に目立たない建物がそのまま西麻布に置かれているのだ。浪造ビルという会社の中身は、浪速造船の本社ビルの管理だけといっていい。ビルの所有は浪速造船だったが、子会社の浪造ビルにそっくり賃貸しされていて、その大部分を親会社である浪速造船が借り戻している。その他にレストランやいくつかの物販の店が地下にあって、どれも浪速造船の系列会社がやっていた。そして、賃料は初めから浪造ビルにいくらかのサヤが残るように設定されていた。そのサヤの大部分は、浪速造船の元役員への「顧問料」名目の金やその他の元従業員の嵌《は》め込み先への支払いに充《あ》てられている。というより、そうした親会社からは直接出すことの難しい「顧問料」などを子会社から出すためのカラクリが、本社ビルの賃貸借に仕組まれている、といった方が当たっていた。坪《つぼ》当たり三千円のサヤでも四千坪ともなれば、年に一億五千万円になった。ほかにも共益費という名目で坪当たり千円は別にサヤがある。合計すれば年に二億円の金が合法的に親会社から子会社に流れて、そのほとんどが「顧問料」やさらに系列の清掃会社や出入り業者への支払いに消えていた。年間の売り上げが二千億円を切るうえに利益の計上も怪しい浪速造船にとっては、便利な財布といってよかった。

（これからどうしたらいいのか）

それだけが水森の頭にあった。仕事がなくなれば、毎日どうするのか。家にいるのか。妻はどう反応するか。自分の家なのに、平日の昼間に自分のいる空間がありそうな気がしなかった。第一、家にいて何をするのか。

こんなはずではなかった。定年よりも早く会社を辞めることは、既定の事実だった。そうなれば、あれをするかこれをするか、という問いへの答えは無限にあるような気がしていた。少なくとも、昨日までそう思っていた。

だが、現実を突然目の前に突きつけられると、何よりもその理不尽さに腹が立つ。どうして自分からこの仕事が一方的に取り上げられてしまうのか。納得が行かなかった。会社の理屈は会社の勝手なものに過ぎない。水森が辞めなければ会社は困る。だが、だからといって水森が辞めなくてはならないという結論にはならない。

（会社が困るのも、この俺が困るのも、困るという点では同じことだ。だとすれば、やはり俺が困らないようにする方が大事だ）

水森の結論は、いつもそこへ行った。

「それなら、いっそ会社をＭＢＯしますか？」

年に一度開かれる県人会で、一年後輩だという弁護士が水森にそう言った。

「株式会社の運命は取締役会が決める。あなたは取締役だ。取締役は全部で三人だという話ですから、もう一人の取締役があなたの味方になれば、会社を自由にできる場合もあり得る。ご自分の会社の定款《ていかん》というのをご覧になられたことがありますか。お話では随分昔に設立された会社のようですね。現行の定款を一度よく読んでみられたら如何《いかが》ですか。もしそこに株式の譲渡制限が書き込んでなければ、私の言うその『場合』ですよ。第三者割当増資をすることができます。取締役会の権限です。会社の資本金は一千万、二百株なんでしょう。だから二百一株の増資をして自分に割り当てる。マネジメント・バイアウト、つまり経営者による自社買収だ。それだけで、もう親会社から独立した、あなたがオーナーの会社です。株式会社というのはもともとそういうものです。

親会社がいい加減だったんですね。ガードが甘かったっていうことでしょう。ちゃんと昭和四十一年に商法が変わった時に定款を改定しておかなくっちゃ。何があっても社員は忠犬ハチ公に決まっているって、ちょっと今の時代、無理があるんじゃないかなあ。発想に穴が開いているんですよ」

手に握ったウイスキー・グラスの中の氷を回転させながら、大木という名のその男は自分の話を自分で楽しむようにニコニコと話しつづけた。最後に、

「まあ、勧めませんよ。今のは単なる法律論に過ぎません。税金のこともある。何はともあれ、これまで三十年も会社に忠節を尽くしてきた人間は、そのままの生き方を続けた方が精神衛生にいいですからね」

そう言うと、大木はまだ宴たけなわの会場からすーっと姿を消した。

大木のした話をすると、中込老人は水森がこれまでに耳にしたことのない激しい調子で、

「やりましょう。浪速造船はそのくらいのことをされて当然なんだ」

と言って賛成してくれた。二人対等の盟約だった。

浪造ビルにも、定期的に取締役会らしきものがある。三カ月に一度、矢部が来て中込と三人、雑談のような会議をするのだ。

しかし、今日は違った。水森からの増資の緊急動議に、矢部は、

「そんなこと、君、許されん。気でも違ったんじゃないのか、勝手に増資をするなんて。しかも、自分たちに新株を割り当てて、会社を乗っ取るなんてこと。私が許さん」

増資が完了しても家賃は相変わらずいつものように銀行口座に振り込まれてきた。本社ビルを巡って子会社との間で紛争があるなどということは、東証一部に上場している浪速造船

には、あってはならないことなのだ。予想通りのことだった。

水森は、その日からエレベーターで乗り合わせる浪速造船の旧知の社員に、心から深々とお辞儀をした。彼らは、自分がオーナーになった会社のお得意さんなのだ。感謝しない理由はなかった。

水森と中込老人とは、親会社の元役員たちへの顧問料の支払いを停止する旨《むね》の通知を次々に出した。ビルの管理に最低限必要な業者以外への払いもすべて取り止《や》めた。その結果、会社には月に一千万円を超える現金が残った。

「われわれみたいなビルを管理する立場のサヤっていうのは、まあ五％が限度でしょう。それに共益費は実費でなくっちゃ」

中込老人はそう言って、家賃と共益費を下げることを提案した。中込は本気だった。水森はそれを正論だと思った。それに中込とは喧嘩《けんか》したくない。水森は、大木弁護士に相談することにした。

「ここらで解決したいと思っています。多くを望んでいる訳じゃあない。定年までの年月分と退職金、それに多少の上積みがあれば。中込さんは三千万あれば、とおっしゃってます。私は一億円欲しいんです」

その通りの結果が、二カ月後、大木弁護士からもたらされた。

その翌日、水森はビルを引き払った。中込老人と裏口から一緒に出て、明日もまた会うかのように無言で会釈《えしやく》し合って、別れた。

「『第二の人生をスタートするなら、早い方がいい』か。まったくその通りだな」。そう呟《つぶや》きながら、水森は口笛を吹くと、もう後ろを振り返らなかった。

醜聞

「永井《ながい》さん、私の考えはあなたと違う！」

取締役会用の広い会議室に響きわたるような大声で、藤田《ふじた》宗助《そうすけ》は社長に向かって叫んだ。

「あなたの言っていることは会社のためにならない。取締役っていうものは、株主の利益を第一に考えなくっちゃいけない」

藤田宗助は、東証一部に上場している小金井製作所の社外取締役だ。マーケティングのアドバイスでは国際的に著名な会社を五十七歳で辞めて、いくつかの会社の社外取締役になった。自分では密かに「社外取締役業」を開業したつもりだ。一社につき年に五、六百万円ほどの報酬をくれるから、五社の社外取締役を兼任すれば年に三千万円になる。年に五回から十回ほどの取締役会と一回だけの株主総会出席、それだけが義務だったから、仕事の量に比べて大変ワリのいい仕事だと満足していた。といっても誰もがなれる訳ではない。社外取締役などといっても、社長が選ぶのだから初めから限られた範囲の人間しか対象にはならないのだ。

四六時中拘束されていないだけのことで、新聞を読んでもテレビを見ても、人と会っても、それどころか、息をしている一瞬一瞬がすべて社外取締役という面もあったから、自由という形式の下で最も奴隷的な状態にあるのが実態なのだと、藤田は人と話すたびに強調していた。

この小金井製作所に社外取締役として招聘《しょうへい》されたのも、社長の永井正二《しょうじ》との長い付き合いの結果だ。永井が社長になる前、取締役経営室長として先代の社長に仕えていたころ、藤田のマーケティング会社に先代社長からの依頼があった。それ以来の付き合いだった。先代社長に上げるレポート作りのために二人で何晩も徹夜したことも、今では懐かしい思い出だ。

そういう関係だったから、一種先代社長の威光を背負った存在として、永井にとって藤田は貴重なサポーターだった。藤田もそれを感じていたから、永井と二人だけの時はもちろん、取締役会といった公式の席でも、歯に衣《きぬ》を着せないで発言することを心がけていた。素晴らしい環境で、自分は社外取締役としての理想像に近い形で活動することができている、そう藤田は感じていた。

藤田が叫んだのは、取締役会が終わりに近づいて、多田野《ただの》常務が報告を始めた時だ。主力商品の一つである女性用のムダ毛取りに「欠陥商品ではないか」というクレームが多発しているという報告だった。多田野は、簡単な説明をすると「現在調査中であります」とだけ言って報告を結んだ。

議長の永井がそのままやり過ごして次の議題に移ろうとするのを、藤田は逃さなかった。藤田からすると、通電状態のまま放置するといった、通常は考えられない使用形態でのみ発生する不具合とはいえ、その結果の火傷《やけど》があまりに重要なことに思われた。抜こうとする毛が器具に挟まって、すぐには皮膚から離すことができない。それで火傷は奥まで届いて跡を残す。若い女性向けの商品だったから「許せない」という気がした。

「事実が何より大切だというのが私の信条です。事実を変えることは誰にもできない。欠陥製品を作ってしまったのが事実なら、それを率直に伝えるべきです。一刻の猶予《ゆうよ》もならない。誰の責任かとか何とかいうのはその後。それを『いまだ欠陥と断定できない、だから軽々《けいけい》に公表していたずらに消費者の不安をあおることは、企業としての社会的責任を全うすることにならない』って一体何なんですか。永井さん、あなたは社長なんだから、率先して即刻公表すべきです」

藤田がそう畳みかけると、会場は静まり返った。永井が沈黙を解きほぐすように、

「その通り。藤田取締役、あなたのおっしゃる通りです」

そう言って改めて藤田に向かうとニッコリと微笑《ほほえ》んだ。藤田がこれまでに何度も見たことのある素晴らしい笑顔だった。藤田は軽く頷《うなず》き返した。『われわれ二人だけが、この二十人の取締役の中でモノが分かっている』。感動が胸に溢《あふ》れた。

藤田は、正式の取締役会の数日前に開かれた常勤の取締役会での議論を知らなかったのだ。常勤の取締役会では、多田野が事態の深刻さからすぐにも欠陥商品としての公表をしたい意向を示した途端に、永井が「お前は一体どっちを向いて仕事をしているんだ」という怒声を

浴びせて叱責《しっせき》した。

取締役会の後、永井は社長室に戻ると、目の前に立っている多田野に椅子も勧めず、

「藤田の奴、社外の人間のくせに。誰が取締役にしてくれたと思っているんだ」

と吐き捨てるように、言った。


マーケティング会社を辞めてからの藤田の楽しみは、行きつけの寿司屋での一人だけの夕食だった。その日は妻の休日になるのだ。

目の前の職人の頭の上、天井に張りつくようにして、チャンネルを回すタイプの古いテレビが置かれている。六十をとうに過ぎたおやじが次々と繰り出すネタを口に運びながら、自分で自分の猪口《ちょこ》に酒を注《つ》ぐ。

ふと、テレビから「アサイスミレコ」という名前が聞こえた。顔を上げる。都心の一流ホテルが画面に映っていて、「浅井菫子」という名がテロップで出ていた。今度は漢字で確認した。次の瞬間、女性の顔写真が大きく画面に出た。

菫子に間違いなかった。十年になるが、大きな目と小さな鼻がアンバランスで、少し悲しそうに見えるところが少しも変わっていない。藤田がマーケティングの会社に入る前、外資系の清涼飲料の会社に勤めていた時の部下だった。四十七歳の藤田はマーケティング・グル

ープのリーダーをしていた。菫子は二十八歳だった。仕事で毎晩のように遅くなり、郊外に住んでいた藤田はタクシーで帰る時によく菫子を一緒に乗せて、彼女の自宅のマンションの玄関口で降ろした。そういうことが何度か重なって、ある夜から菫子の家に寄ることが習慣になった。

何年そうしていたか。突然、会社でのミーティングが終わった折に、菫子が「退職します」と言った。二人切りになってから尋ねると、「私、自由が欲しい」と言ってそれ以上を言わなかった。それで終わりになった。

テレビは、外資系に働くキャリア・ウーマンのスキャンダルを興奮した声で伝えていた。昼はよく知られた外資系化粧品会社でマーケティング担当のバイス・プレジデント（副社長）として働いていた菫子が、夜は娼婦、それも高級娼婦として大企業のトップレベルの人間や政治家などと交渉を持っていたというのだ。しかも、菫子はその交渉を持ったことをネタに相手を脅し、一人から三百万円を超える金を受け取っていた。テレビからは、「警察の発表によると合計が二億円になる」と甲高《かんだか》いアナウンサーの声が流れていた。菫子の身柄は恐喝罪で警察に拘束されていた。

テレビの画面から視線を外すと、藤田は、自分の知っていた菫子を思い返した。藤田の知っていた菫子は、二十八歳にしては信じられないほど異性との経験を持っていない、まだ女性としての喜びも知らない女性だった。真っ白な肌に薄い胸があって、淡い色の小さな乳首が菫子を一層幼く見せた。自分が菫子を女性にしたのだという喜びが、藤田にあった。二十八歳の女性の急激な変貌《へんぼう》が、藤田にはひどく好ましかった。

二年と少しの間の夢のような暮らし。

菫子が離れていった理由は、藤田には分からず終《じま》いだった。それから菫子がどこでどう暮らしていたのか、藤田は知らない。知りたいと思っていたが、知らないで済ませてきた。

だが、翌日からのテレビと週刊誌が、藤田に、彼の知らない菫子の生活履歴の詳細をいやというほど教えてくれることになった。

菫子は、昼の顔と夜の顔の二重生活をもう十年間近く続けていたのだ。三十歳を過ぎるころから逮捕された三十八歳まで。今の化粧品会社の前の会社以来の友人だという女性の発言が、どのテレビでも、どの雑誌でも取り上げられていた。野口和枝《のぐちかずえ》というその女性も、藤田の下にいた。背の高い、骨ばった女性で、男物の服がとても似合っていた。藤田と菫子との間であったことなど、なにも知りはしない。しかし、彼女は饒舌に、

「その会社で上司の男が彼女をもてあそんだんです。彼女は、女の私から見ても感心するほど、その男に尽くしていました。でも、捨てられたんです。それからです、彼女が二重生活をするようになったのは。彼女は被害者です。いつも言っていました。『私はあの男に復讐《ふくしゅう》

してやる』って。でもこれが彼女の復讐だったなんて、あまりにも可哀そう。何もかもあの男のせいです」

あの男とは藤田のことだった。

誰もが、「あの男」が誰かを知りたがった。テレビでは、誰もが菫子の側に立って、「あの男」のことを欠席のまま裁いた。もちろん有罪だった。

あるスポーツ紙が、最初に藤田のことを書いた。著名なマーケティング・コンサルタントで今はいくつかの会社の社外取締役をしている、といった間接的な表現だったが、藤田を知っている人間ならすぐに藤田のことだと分かる。一週間もしないうちに「シャガイのF氏」という言葉が、一種の流行語のように飛び交った。

「いやあ、藤田さん、私どもは藤田さんの経営能力を評価して取締役をお願いしたんです。低級なマスコミがいろいろなことを言ってますが、事実が何であろうと、私どもの評価は変わりません」

永井正二は、藤田の広尾の事務所を訪ねて来るなり話を切り出した。事務的な口調からは以前の親しい言葉づかいが消えている。

「しかし、藤田さんにもご理解いただけます通り、われわれは直接世の中に接している客商売、それも若い女性相手の商品を売っていますんで」

永井は、取締役を辞めろと言っているのだ。

無責任に伝えられていることはどれも真実ではない、と藤田は説明した。しかし、永井はかった。

「そうしたことはプライベートのことですから」と尻込みして見せ、それ以上の話に入らなかった。

藤田の顔写真は、両目の上に黒い横長の帯を置いただけで世間を流通しはじめていた。街を歩く勇気は、もう藤田にはなかった。誰もが、特に女性が、みんな藤田の方を盗み見ては、「あれが『シャガイのF氏』よ」と悪口を囁《ささや》き合っているような気がした。

限界だった。

「辞任しよう」。そう心を決めてから、以前によく一緒に仕事をした大木弁護士に相談に行った。

「辞任？　何言ってるんですか。株主が『株主の代表として社長を監視しろ』と、株主総会であなたを社外取締役に選んだんです。あなたは誰に義務を負っているのか。その義務を果たすことができなくなったのか。むしろ、社長の永井氏のビヘイビアからして、社外取締役であるあなたの存在は、株主のために決定的に重要なのではないですか。第一、あなたの取締役会での一言で、何人もの女性が一生醜い傷跡の残るような火傷を負わないで済んだんです。

いずれにしても、永井さんがあなたを辞めさせたければ、株主総会を開いて、商法の規定に従って三分の二の賛成を集めて解任すればいい。社外だろうと社内だろうと、それが取締役というものなんです。

外国に行って楽しんでくるのに、ちょうどいい機会を貰《もら》ったと思って、二カ月半の長旅に出てください。二度取締役会を欠席する。それで、終わる」

八十日間かけて世界を一周した。戻ってくると、ある清廉潔白が売り物だった政治家の金銭スキャンダルが騒々しくテレビの画面から流れていて、「シャガイのF氏」はどこにも存在していなかった。

藤田が三カ月ぶりに取締役会に出席すると、永井はこわばったように反対側を向いて議事を始めた。藤田は一言も聞き逃すまい、と耳を澄ませた。

勇気

「それでは次に取締役選任の件を上程いたします」

東証一部上場の日本冷機製造株式会社の本社五階会議室で、子会社である冷機部品株式会社の株主総会が開かれていた。

日本冷機は冷機部品の株の七〇%を持っている。株式会社では株の三分の二を持っていれば、実質的にはすべて保有しているのと同じことだ。だから、こうした子会社の株主総会は実際には開かれないことが多い。すべて紙の上で済ませてしまうのだ。しかし、冷機部品はそうはいかない。高度成長の初めのころ、日本冷機がアメリカのインターナショナル・フリージング・マシーンという名前の会社から技術を導入した時に双方から出資して合弁《ごうべん》会社を作った。その時にアメリカ側が三〇%を握って、導入した技術がとっくに陳腐化しているのに、株だけは決して手放そうとしないのだ。配当を巡って冷戦状態が続いていて、株主総会のたびにアメリカ側から日本人の弁護士がやって来る。日本冷機にとっては、何もかもあらかじめ決められた儀式に過ぎない。しかし、儀式は式次第に則《のっと》って進められなくてはならない。祝詞《のりと》と呼ばれている台本通りに進行していくのだ。

「新任の取締役に選任されました淀野《よどの》博次《ひろつぐ》氏をご紹介申し上げます」

議長に促されて淀野は立ち上がった。十人も入れば一杯の会議室の片側に一人だけ見知らぬ男が座っている。アメリカ側株主の代理人になっている弁護士だ。反対側に取締役が三人、

監査役が一人、そして淀野が入り口に一番近い席だった。軽く会釈《えしゃく》をすると、関連会社部の若い社員に前もって言われていた通り、

「淀野でございます。どうかよろしくお願いいたします」

と型通りの挨拶をする。「これが東証一部上場の日本冷機の株主総会で、この俺が日本冷機の取締役に選任されたのだったら」という思いが一瞬、頭を横切る。


淀野は二十三歳で日本冷機製造株式会社に入社した。現在五十四歳。サラリーマン人生がもう三十年以上になる。去年、物流部の次長になった。そして、ついこの間、専務の樺島《かばしま》に呼ばれたのだ。理由は言われなくても分かっていた。同期入社した者で日本冷機にいる同僚は何人もいない。もうそろそろ「お呼び」がかかるころだと思っていた。問題は、どこにやられるか、だった。

「君には広島に行ってもらうことにした。成瀬《なるせ》の下で働いてくれ」

樺島は開口一番、いつもの大きな声でそう言った。否も応もない。成瀬というのは、淀野のすぐ先輩で、淀野と同じく樺島の部下だった男だ。

いつもそうだった。正式の辞令はもちろん、内示の前に、樺島が淀野を呼ぶ。そして、異動を告げる。日本冷機に入って最初に配属された時の上司が樺島だった。学生時代に柔道を

やっていたというのが自慢の樺島は、ガッチリとした大柄な体でいつも大声で話す。中肉中背の淀野は見上げながら話す形になる。その上、最近は腹の筋肉だけではなく、身も心も何もかもが弛《たる》んできた淀野には、「樺島くらいの迫力があれば自分にも違った人生があり得た」と思わせる、眩《まぶ》しい存在だ。

日本冷機で広島に行くといえば、冷機部品という子会社に異動するということだ。あのころアメリカの技術がどうしても欲しくて、技術供与を渋る相手方に株を持たせて合弁会社にすることでやっと説き伏せてでき上がった会社だ。工場が広島にあるのも、そのアメリカ側の人間が当時広島にある別の大きな会社の役員を兼ねていたからというに過ぎない。

子会社である冷機部品の社長には、親会社である日本冷機の常務だった人間がなるのが不文律だ。親会社で平取《ひらとり》なら子会社でも常務以上になる。親会社の部長が取締役。物流部の次長に過ぎなかった自分が、冷機部品に取締役として異動できたのは、幸運だったからだ、と淀野は思っていた。すべて樺島のおかげだった。淀野より八歳年上の樺島は、今や日本冷機の社長候補の一人だ。そして、淀野は入社以来の樺島の子分として社内で通っていた。

樺島は、冗談ともつかない調子で、「将来は〝常務〟にしてやる」とも言っていた。もし樺島が親会社である日本冷機の社長になれば、たとえ本社では部の次長に過ぎなかったとしても、決してあり得ないことではない。「樺島さんに地獄までもついていこう」。

淀野はそう決心していた。

とにかく、淀野は、子会社とはいえ取締役になったのだ。日本冷機を退職して冷機部品の取締役になる。それは、本社にあのまま置かれれば五十七歳だった定年が延びて、グループ会社の役員定年である六十歳まで勤めが保証されたことを意味している。命が三年延びて、あと六年。サラリーマンとしての八一・一%がもう過ぎ去っていた。ビールの中瓶なら、コップ二杯分をすでに飲み干してしまって、もうコップの底にほんの少し残っているだけの状態ということになる。

広島へは一人で行った。妻は大学を卒業したばかりの次男と一緒に暮らしつづけることを望んでいた。長男も結婚して東京にいた。淀野は、嫌がる妻を無理強《じ》いして連れていく気持ちには結局なれなかったのだ。

広島に着任して一年したところで、樺島が急死した。海外への出張が続いて、ベルリンのホテルで死んでいるところを朝になって発見された。心臓麻痺《まひ》だった。樺島専務のスケジュールはすべて部下が勝手に作り上げる、という伝説が社内にあったほど、樺島の海外出張の日程は過酷だった。本人も「俺は時差には無抵抗主義さ」とうそぶいていた。その揚げ句の、当然といえば当然の結果だった。

「あの樺島さんが。人の命なんてあっけないものだ」。そう淀野は感じた。漠然とした不安があった。

樺島が死んで数カ月してから、後任の中野《なかの》専務に呼ばれた。

「広島の仕事は、中国へ持っていく。広島は一日も早く閉じたい。一年後には会社はなくなっていると思ってくれ。君も分かるだろう、今のままでは海外との競争に置いていかれるんだ。すぐに人減らしを始めてくれ。社長の成瀬君はアメリカ出張中だそうだが、帰ったら僕から直接言う」

それだけだった。寝耳に水だった。一年後に淀野がどうなるのかの話は、なかった。

中野の部屋を出ると、すぐにアリゾナのホテルにいる成瀬を叩き起こした。

「成瀬さん、われわれはどうなるんですか。あなたも私も、本社にいればまだ首が繋《つな》がっている歳《とし》じゃないですか。子会社に行けば定年が延びる約束ですよね。その肝心の話抜きじゃ、会社の人減らしも何も始められませんからね」

いつもの気安い調子で、受話器に向かって怒鳴《どな》っていた。おとなしい成瀬は、帰国次第、中野に会って話をしてみると言ってくれた。

「そんな馬鹿な」

朝のお茶を運んできた秘書役の女性の姿が成瀬の社長室から消えるなり、淀野は手にした書類で成瀬の机を叩いた。

「樺島専務に可愛がられていた人間は、日本冷機には不要だっていうんですか。そんな無茶な話、通りませんよ。私は日本冷機の人間なんだ。日本冷機で社員として三十一年間、働いてきたんだ」

淀野がそう食ってかかると、成瀬は体を窓の方に向けて、背中越しに、

「君の言うことは分かる。僕も、樺島さんのライバルだった中野専務が意趣返しをしているんだということは分かるし、悔しいさ。だけど、どうにもならないんだよ。俺たちはサラリーマンなんだ。組織の一員なんだよ。それに、俺も君も親会社を辞めてここに来ている。戻るところなんてありゃしない。いわば骨を埋《うず》める覚悟、ってやつだ。ここがなくなる時は、俺たちのサラリーマン人生に幕が下りる時だ」

と小さな声で呟《つぶや》くように言った。

淀野には成瀬の言うことがよく理解できた。しかし、納得行かなかった。憤然とドアを大きな音をさせて閉めると、自分の席に戻った。

「一体全体、これは何なんだ。

俺のこれまでの五十四年間の人生は、何だったたんだ。

周りにいる人間の首を切った揚げ句、自分の首を自分で刎《は》ねろ、っていうのか。

何のために、俺は必死で歩いて来たのか。

こんな思いで歩いて、一体どこへ行こうというのか。

「どこへ行けば、どんないいことが待っているというのか」

声に出してみた。これまでも、同じようなことを考えることが時々あった。しかし、声に出したのは初めてだ。声に出してみると、自分の心が形と重さを持った別の物体のように、自分の体の外側に存在しはじめたような気がした。何かの答えを出すように迫られているような気持ちになる。正解が出なくては前に進むことも許されないような気分に陥る。

「誰も俺を必要としていない。それだけは確かだ。俺がそいつを認めたくなくとも、事実は変わらない。

こんなはずではなかった。いつからこうなってしまったのか。

誰のせいなのか。

一体どんな悪いことをこの俺がしたというのか。

悪いのは、俺ではなくて、向こう側の人間ではないのか。

俺は、その悪い奴と戦わなくてはならないのではないか。その道しか残されていないのではないか。

俺にはその力がないのか。もう俺の心の中からは、勇気というものが消えてなくなっているのか。

いや、違う。断じてノーだ。これが俺の人生なら、俺はこの両手でそいつの首根っこに摑《つか》みかかって、俺の歯で食らいついてやる」


一週間後、日本冷機の社長の自宅に弁護士名の内容証明郵便が届いた。文面は丁寧だったが、冷機部品は、新たに長期の契約が書面で締結されない限り、今後一切の部品供給に応じない、と書いてあった。

日本冷機では、他の会社の例に漏《も》れず、在庫を極端なまでに圧縮している。主要製品の一つである業務用冷凍機の心臓部ともいうべきコンプレッサーについても、同じことだった。広島の冷機部品が生産し、在庫を持つ。在庫は切れないように余らないように、日本冷機の各工場に冷機部品の負担でタイムリーに運び込まれるのだ。部品の供給という観点からは、グループ全体が一つの精密機械として、正確かつ完全に機能していた。

そこに淀野は目をつけたのだ。成瀬を説得するのに時間はかからなかった。

成瀬は、上機嫌で、

「全株主の利益になるという訳だな。弁護士には大木さんを頼もう。あの人なら、親会社相手に存分にやってくれる」

と言った。

勝負はすぐについた。日本冷機はたとえ一週間でも冷機部品からのパーツが入らない状態には耐えられなかった。製品の供給が遅れれば、顧客からの違約金請求が待っている。それだけではない。一度逃げた顧客は二度と戻って来はしない。七〇％の株を持っていれば、取締役をいつでも解任することができる。商法にはそう書いてある。しかし、取締役会が株主総会を開くと決めなければ、株主だけの力で株主総会を強制的に開催するには六週間以上かかるのだ。

数日のうちに、十年間の長期供給契約が締結《ていけつ》された。実際に注文を出すのも出さないのも日本冷機の勝手だったから、中国に進出したければ自由だった。しかし、その場合には巨額の違約金を支払うという条項が入っていた。

そして、大木弁護士の紹介で別の弁護士が入って、成瀬と淀野、そしてもう一人の子会社のプロパーの取締役の三人と冷機部品との新しい取締役委任契約も締結された。取締役の報酬の問題だから、株主である日本冷機も加わっている。日本冷機が中国へ進出する時には、成瀬も淀野も引退することになった。

淀野は満足していた。これが自分の人生だったのだ、という淡い寂しさの混じった充実感があった。

「それに、まだ三分の一も人生が残っている」

そう、また声に出してみた。

権利

「男も男性としての機能がなくなると、純粋になるっていうか雑念が消えるっていうのか、ますます仕事一筋になるなあ」

妙に奥行きの深い、細長い和室の一番向こう側から、大きな声が聞こえてきた。合併したばかりの南北竜神《なんぼくりゅうじん》銀行で最年少の取締役になった坂下和樹《さかしたかずき》だ。

いくつかの顔がニヤリとしたのに励まされて、坂下は喋《しゃべ》りつづけた。

「俺が長い間惚《ほ》れてた女がいてさ。いい女なんだ。背が高くって、お尻が上の方にあって。その女と、やっと年来の思いが叶《かな》うってことになってさ、パーク・プリンセス・ホテルのスイートを張り込んだのさ。もう一年以上前のことなんだけどね。

そしたら、肝心の時になって、駄目なんだ。全く言うことを聞かない。要するに役に立たないんだ、全然。

お互い白けちゃってね、ま、飲み過ぎたとか言ってごまかしたけど、相手も分かるよな。ほんと、夜が長かったぜ。

それからだよ、仕事に邁進《まいしん》するようになったの。体の内側に欲望が燃えてても叶わない。仕事でもするしかなくなっちゃったんだな。哀れな話さ」

(そういう奴もいるのか)

片野公介《かたのこうすけ》は伸び上がるようにして坂下の方を眺めた。間に七、八人いた。

東都大学昭和四十二年入学者の同窓会だった。教養課程のクラスで年に一度集まる。入学した時には四十五人いた仲間が卒業の時には四十四人になっていた。卒業して三十年になると、もう四十人を切っている。最初に入った会社に今でも勤めている人間は半分もいない。

片野は一年浪人して大学に入った。今年で五十四歳になる。東亜物産という総合商社に就職して希少金属《レア・メタル》を長い間扱ってきた。モリブデンとかコバルトといった金属がこの世に存在することすら、世間の人々は知らないのではないか。現に片野の妻も、夫が毎日売り買いしている金属の名前になど興味もなかった。趣味の旅行も仲良しの女性グループと連れ立って出かける。帰って来ても土産話をするでもない。

（俺は坂下とは違う。あいつと同じく、俺ももう男ではなくなったけれど、でも俺は違う）

片野は二十七歳の時に二十三歳だった妻と社内結婚した。以来、妻以外の女性と関係したことはないといっていい。妻とも、もうここ二、三年、性交渉はなかった。強い欲望を感じなくなってから久しかったし、妻も求めなかった。自然とそうなった。

だから、若い女性をホテルに誘ったという坂下の話は別世界のことだった。二流の商社である東亜物産の営業三部次長という肩書の片野からは、南北竜神のような巨大銀行の取締役という役職にいる坂下のことなど、想像することもできない。片野からすれば、銀行というのは、片野のはるか雲の上に座っている東亜物産社長の沢口徹二《さわぐちてつじ》ですらが頭を下げるところだった。沢口はもう十五年の長期政権だ。社内では誰の言うことも聞かず、副社長のことも下男のように見下している。取締役会も独演会だった。その男が卑屈にならざるを得ないのが巨大銀行なのだ。瀕死《ひんし》でも恐竜は恐竜なのだ。

しかし、片野にとってはそれどころではなかった。片野の東亜物産での日々はもう底が透けて見えていた。バブルが崩壊してから東亜物産にはいいことは何一つなかった。最近では次々と部門閉鎖を繰り返し、人を解雇している。片野が入社以来所属していた希少金属部門も決して会社に貢献している方ではなかったから、片野が定年の五十七歳まで会社にいるとは想像しにくかった。

（俺は違う。男性としての機能がなくなったのはあいつと同じだ。それどころか、俺には欲望もありはしない。女に対して、っていうのじゃない。人生全体、生きているっていうことについて、もうこの俺には、何の興味も感じられない。

この後何年の人生があるのか知らないが、明日死んでしまっても同じことだと思う。死にたい訳じゃない。しかし、この後何年かの間に起こることに関心が持てない以上、その何年かは、俺にとってあってもなくても変わりはしない。

もともと、何もありはしなかったのだ。それを昔は、何かがあるように錯覚して、足掻《あが》いてきた。

もう答えは出たのだ)

いつものところにまた落ちついた。片野は若かったころ、口癖のように「出世なんかより面白い仕事がしたい」と言っていた。段々年月が経《た》つに連れて、偉くならないと仕事もできないと分かってきた。人並みに昇進しようと努力したこともあった。やっと、営業三部の次長になった。しかし、もう上に行くことはない。

(俺はこのまま消えていくのか。五十五年前に俺が存在しなかったように)

答えは分かりきっていた。しかし、片野の心のどこかに「否だ!」と叫ぶものがこびりついて残っている。それが何かは分からないが、確実に存在して、時に片野を力づけ、別の時には苛立《いらだ》たせる。

「あの男のやっていることは、少なくとも合法的だよ。ビジネスとしてどうかは分からんが、株主提案権を行使するのは、上場会社の株主の当然の権利だからな。三十万株を六カ月持っていれば、個人でも株主総会に議案を出せる」

弁護士になった大木だった。巷《ちまた》で話題の投資ファンドの動きについて誰かが尋ねたのだろう。

同窓会の最後は、いつも通り、「お互い体には気をつけようぜ」と言い交わして、散会した。

その翌々日、片野の妻が死んだ。交通量の激しい国道を横切ろうとして車に跳ねられた。横断歩道が近くにあるのに、少しの手間を惜しんだのか、小走りに渡る姿が目撃されていた。

(これで一人切りか)

子供のいない片野に決心の時間は要《い》らなかった。妻の好みで暮らしていた郊外の一戸建てを売り払った。びっくりするほど安かったが、貯金と合わせて三千万円になった。

東亜物産の株価はここのところ百円前後をうろうろしている。一日の出来高もせいぜいが一、二万株にすぎない。三千万円で三十万株を買うのに三カ月かかった。片野の一生が東亜物産の三十万株に代わったということだった。

株を集めはじめて、社長の持ち株の十万株を超えたころ、社長室長の千田俊平《せんだしゅんぺい》に呼ばれた。小柄で痩《や》せた体の上にゴルフ焼けした顔が乗っている。

「片野さん、随分ウチの株に熱心ですね。しかし、ご存じでしょうが最近はインサイダーの取り締まりが厳しいですからね。ほどほどにしておかないと。社長もそれで買い増しについては自粛しておられるんですからね」

株主提案権を行使するには、株主総会の八週間以上前に書面で会社に通知しなくてはならない。

「会社の取締役の過半数は社外取締役でなくてはならない」

これが片野の提案だった。会社の一番根本のルールである定款《ていかん》に、そういう条項を置こうというのだ。「社外」というのは、要するに沢口の部下ではないということだった。

片野は真剣だった。片野から見て、東亜物産が商社の中でも見劣りしているのは、一にかかって社長の沢口のせいだった。十五年の間に、東亜物産は沢口の個人商店になってしまっていた。

しかし、沢口を追い出したところで問題が解決するものではないことを、片野は経験から知っていた。誰もが初めはおずおずとスタートする。それが、年月を重ねるにつれて傲慢《ごうまん》になっていくのだ。

（それは、経営者も人間だからだ。良い悪いじゃない）

片野はそう思っていた。社長をクビにする仕組みが要る、と信じていた。そして、片野なりの成算を持っていたのだ。

片野の株主提案が会社に届くと、すぐに千田社長室長から内線で電話がかかってきた。即刻ばかな提案を取り下げろ、という千田の要求に対して、

「それは株主である片野公介に言っているのか？」

と問い返した。それで終わりだった。

騒ぎは、その日のうちに外側で始まった。新聞社からの電話がひっきりなしにかかってき

た。経済雑誌からも質問が浴びせられた。片野の答えは、決まっていた。

「私は法律に従ってほんの小さな石を池に投げただけです。私の持ち株は〇・二%に過ぎません。この提案を通すかどうかは、株主の三分の二が賛成するかどうかで決まります。誤解しないでください、私は今の沢口社長が退陣しなくてはならないなどとは言っていません。私は、株主の側に立って社長を監視してくれる人々を選びたいと思います。社外取締役です。その人たちが、沢口社長と取締役会で隣同士に座って、議論をして心から納得するならそれでいいでしょうし、納得しない時には、沢口社長が変わるしかありません。変わらなければ東亜物産の経営ができる方が社長に選ばれるでしょう。その人たち、社外取締役にはそうすることができる力が要ります。だから取締役会の過半数です。私の提案が通れば、株価が上がると期待しています」

株主総会が近づくに従って、マスコミの騒ぎはますます大きくなってきた。多くは「ワンマン社長へのサラリーマンの捨て身の反乱」といった調子で、表面を興味本位に追いかけるだけのものだったが、一部は違った。問題の本質に切り込んで、機関投資家の議決権の行使に注文をつけたのだ。年金基金や信託銀行といった機関投資家は、社外取締役を過半数にすることに賛成すべきだという論陣だった。東亜物産で機関投資家が賛成するということは、片野の提案が株主総会を通過することを意味していた。

片野は騒ぎを楽しんでいた。沢山の記者が熱心に話を聞いてくれた。著名な評論家との対談も組まれた。テレビにも出演して、ニュースキャスターという人種にも初めて会った。すべてが新しい経験だった。しかし、どれも虚《むな》しい浮かれ話でしかなかった。一人住まいのワンルームに戻ると、冷蔵庫から缶ビールを取り出す。そのまま口につけると背広を脱いでベッドに横になる。

株主総会目前に会社は正式の株主総会招集通知で、社外取締役を三名とすることを提案してきた。定款は変えない、社外取締役を過半数にもしないが、現在の十四名の取締役に三名の社外取締役を加えようというのだ。具体的な候補者の名前も並んでいた。沢口の友人たちだった。

新聞記者の「もし株主総会で会社が負けたらあなたは社長を辞任するのですか？」という質問に、沢口は、

「私をクビにしようっていう提案じゃないですから、株主総会の決議の結果がどうなっても私は辞めません。社長を続けます」

と答えた。この発言に、機関投資家に決定的な影響力を持つアメリカのコンサルタント会社が飛びついた。この有力なコンサルタント会社は沢口の発言に元気づけられて、片野の提案に賛成するようにという内容の書簡を、顧客である内外の機関投資家に次々に送った。投

資家たちは、沢口が今回敗れれば嫌気が差して辞任してしまい、東亜物産の経営者が不在になってしまうことを心の奥底で恐れていたのだ。いや、それが投資家たちの唯一の不安材料だったといっていい。しかし沢口は「辞めない」と宣言してしまった。沢口は完全に事態を見誤っていた。

定款は片野の提案通り変更された。そして変更されたばかりの定款に従って、会社提案の十七名の取締役候補のうち、沢口以下の生え抜きから八名だけが選任された。残り九名の枠すべてには、機関投資家の推す候補者が選ばれて株主総会は終了した。

株主総会から一カ月すると東亜物産の株価は二百円を超えた。新しいコーポレート・ガバナンスが敷かれたことを明らかに市場は歓迎したのだ。片野の持ち株も六千万円に膨れ上がっていた。

「来年が楽しみだな。一年以内に俺の株は億になる」

片野は、久しぶりに来年が来るのが楽しみになっていた。

和解

夏の朝。玄関を一歩外へ出ると、もう強い陽射《ひざ》しが溢《あふ》れている。駅までの十分のうちに今日も汗だくになるに違いない。

南野陸助《みなみのりくすけ》、五十四歳。中肉中背、色はもともと浅黒いのがゴルフ焼けで黒塀のようになっている。東証の一部に上場している山得《やまとく》産商株式会社の流通営業部担当部長だ。地下鉄東西線の原木中山《ばらきなかやま》にあるマンションに、妻と二人で住んでいる。マンションを買った二十年と少し前には、二人の子供も一緒だったが、今は一人は大阪に、もう一人は札幌にいて家族はバラバラだ。

山得産商は業界ではヤマトクという通称で知られていて、化学製品や医薬品の専門商社として長い歴史を誇っている。山野得三郎《やまのとくさぶろう》という男が明治時代に創業し、二代目の山野謹士郎《きんしろう》が戦後高度成長期に大きくした。謹士郎の成功に、世間では「ヤマトクじゃなくて丸得だ」とか「謹士郎じゃなくて金知ろうだ」などと陰口を叩いたこともあったが、バブル期の不動産やゴルフ場の投資が祟《たた》って、最近は半ば銀行管理といっていい。その張本人が今の社長である佐田亮太《さだりょうた》で、山野謹士郎の長女の夫だ。

南野は昭和四十五年に大学を卒業すると同時に、ヤマトクに入社した。石油ショックの前のヤマトクは、山野謹士郎がトップにいて、会社の中は溶鉱炉のように人々の熱気が燃えさかっていた。まだヤマトクに木材部があって、入社したての南野はボルネオ、今のカリマンタンに連れて行かれてジャングルの中を先輩と走り回ったりもした。

もう三十二年になる。木材の仕事を離れると同時にヨーロッパの駐在員になってデュッセルドルフに七年住んだ。そして、仕事の中心が医薬品になっていった。

それは、自分にとって幸運だったのだと、今でもしみじみ思う。ヤマトクの他の部門が後ろ向きの話ばかりになっている時に、医薬品という国際的な産業で世界の大手企業相手の商売をし、その分野のスペシャリストたちとの人脈を築いてきたのだ。南野の同僚たちは誰も、もうすぐそこまで来た定年まで会社が持つかどうか分からないと噂し合っている。

「だが、俺は違う」

いつも南野はそう思ってきた。

「俺は英語で仕事ができる。それに何といったって、世界の医薬品業界に沢山の知己がいる。これが、全部俺の財産だ。俺は個人として価値がある」

駅までの道を、日陰を選びながら歩く。冬になると陽の当たる側を選ぶ。もう何度この道を往復したことか。銀杏《いちょう》の並木があって、小さな赤ん坊の手のような葉をつけたと思うと、枝についた木の葉同士が繋《つな》がるほどに茂ってきて、やがて見事な黄金色に輝きはじめる。その小さな葉に生まれたばかりのわが子のことを思ったこともあった。葉がほとんど落ちて枝と幹だけになってしまったのが、年老いた先輩社員のように思われたこともあった。もう何年も、歩道の落ち葉を踏みつけて歩くことはしないでいる。

会社に着くと、待っていましたというように人事部長から呼び出しがかかった。常務執行役員人事部長というのが正式の肩書だそうだが、人事部長の長山健介《ながやまけんすけ》は南野の同期だ。

「部長を外れる件、もういい加減にOKしてくれよな。理屈じゃない、要するに君の順番が来たっていうことだよ」

思わず、南野はカッとした。会社が大変なことは、社内の人間なら皆誰もが分かっている。だからお互い譲り合わなくてはならない、ということも理解できる。しかし、どうして安全な席にいる長山のような男が、席を譲って立ち去らなくてはならない人間に向かって、こうも居丈高に喋《しゃべ》るのか。

昔、入社早々の飲み会が思い浮かぶ。飲み過ぎて、寮の外へ出て吐いている長山の背中をさすってやりながら、南野は自分の目の前に新しい人生が、それも光り輝いた未来に繋がる舞台の幕が切って落とされたのを実感していた。

「いいね、社長には君はOKだと報告するよ」

そう言って長山がソファから立ち上がった。出ていけという合図だ。「出ていけ、この人事担当常務の俺の個室から、出ていけ。ヤマトクから出ていけ。もうオマエなんか会社に要《い》らないんだ」。そういう意味だ。

「もう少し、考えさせてくれませんか」

南野が立ち上がっている長山の顔を下から見つめながら丁寧にそう言うと、

「もう少し、っていつまでなんだ。とにかく、社長には『南野は自分から部長を外れます』って報告するからな」

イライラした表情を隠さずに、長山が畳みかけた。

南野は、自分の席に戻らずに会社の外に出た。冷房の効いたオフィスから通りに出ると暑さが瞬時にピッタリと体全体に張りついたが、無視して太陽の下を歩いた。会社から充分に離れたところで携帯電話を取り出して、友人の堀内健作《ほりうちけんさく》に電話する。

コンサルタントをしている堀内は、珍しくオフィスにいた。

「電話、待っていたよ。こちらから電話するのも、何だか気が引けちゃってね」

堀内の上機嫌な声が響いた。

「メッツガー薬品の日本法人の取締役の話、決まったぞ。一刻も早く、本社のアジア担当と会ってくれ。給料も今以上だ。今、せいぜいが年一千万くらいだろう。それに、メッツガーでは副社長まで道が開けている。あそこは社長は本社から来る若いドイツ人だけど、ナンバー・ツーは日本人の席なんだ。先方は乗り気さ、ヤマトクの営業部長が来れば、それなりに客もついてくるしね」

南野は流れ出る汗を心地よいものに感じた。電話を切ると、会社までの道を鼻唄を歌いながら戻った。

メッツガー薬品は世界的なドイツの医薬品メーカーだ。日本でも長い歴史を持っていて、工場もある。ヤマトクの強力な競争相手だった。そこの日本法人の営業担当取締役になる気はないか、と長い付き合いの堀内に言われたのがついひと月足らず前のことだった。長山から、社内の慣習に従って部長を自主的に降りて、嘱託《しょくたく》として会社と契約しなおしてほしい、と言われた直後のことだ。「自主的に」と言うが、自分から降りなければ次の異動の時に外されるだけのことだった。しかも、同じ部でヒラの立場に置かれる。昨日までの部下に毎日指図されることになる。

だから、南野は堀内の連絡を追い詰められた気持ちで待っていた。今日、ふたたび長山に乱暴に背中を押されて、たまらずに自分から堀内に電話をした。

そして、答えをもらったのだ。

正式にメッツガー薬品の話が決まった翌日、南野は長山に退職を告げた。メッツガーとは言わなかった。

「そうかい。それはまた急な話だな」

無関心そうに呟《つぶや》くと、長山は、

「だけど、辞めてどうするつもり？　競争相手に入るってのは駄目だよ。忘れてないと思うけど、部長以上は皆、ウチを退職してから三年はノン・コンペティションの義務を負っているからね。ま、よく承知の上のことだろうけど。とにかく退社は正式に了解した」

と言った。

ノン・コンペティション？

南野は愕然《がくぜん》とした。そうだった、確かに部長になる時、合宿しての研修があって、最後の日に参加者全員が誓約書を出さされている。その中に、退職後も競合会社には三年間就職しない、とあった。あの時には気にも留めなかった。

堀内に電話した。堀内は、

「大木弁護士に会え。俺の名前を言えば、すぐに時間を作ってくれるはずだ」

と言ってくれた。

翌日の午前七時に大木弁護士の事務所を訪れた。

「ああ、ノン・コンペティション条項《クローズ》ですか。ヤマトクっていう会社は案外しっかりしてるんですね」

南野の話をひと通り聞きおわると、大木はそう言った。大木の言葉が南野の耳に絶望を誘う託宣《たくせん》のように響く。

「やっぱり駄目なんでしょうか」

思わず、そう声が出た。

「どう思われますか。自分が会社にそう扱われて当然だとか、仕方のないことだ、とか思われますか。それとも、反対に、酷《ひど》い話だ、怪《け》しからんことだ、と思われますか」

大木が微笑《ほほえ》みながら問いかける。

「決まってます。無茶苦茶だ。部長は辞めろ、でも外には出さん、飼い殺しにしてやるなんていう話が通用してたまるもんですか」

いきり立って叫んだ。

「そのお気持ちが一番大切です。

でも、しばらく大変かもしれません。奥様にもよく話しておかれた方がいい。会社からの警告書は自宅に内容証明で来ます。奥様にしても南野さんにしても、生まれてから一度も受け取ったことのない類《たぐい》の書類でしょうから。とにかく先の心配は止《や》めましょう。もうサイは投げられたんですから。私の弁護士報酬は、メッガーが払うそうですから、そちらも安心してください。メッガーにとっても他人事ではありませんからね」

堀内が気を利かせて、メッガーと話をつけてくれたのだ。

ヤマトクからの警告は、南野が実際にメッガーに出社を始める前に自宅に顧問弁護士名の内容証明郵便として届いた。

「貴殿が取締役に就任されるご予定のメッガー薬品株式会社は、ご承知の通り弊社と競争関係にありますので、貴殿は弊社退職後三年間は取締役としてはもちろん、形式の如何《いかん》を問わず何ら関与することが許されません」

と、慇懃《いんぎん》無礼な文章で「会社に逆らうならオマエの人生を破壊してやる」と書いてあった。

大木に見せると、

「ああ、いずれ仮処分をしてくるでしょう。ヤマトクとしては南野さん一人が念頭にある訳じゃないでしょうから。お気の毒な言い方ですが、ヤマトクとしては、南野さんには一種の見せしめとして、人生の敗者になってもらう必要があるんでしょう。次の南野、その次の南野が続々と出てこないようにするために」

大木は、裁判になれば解決が近づいたと思っていい、と言っていたが、南野にも妻にも裁判所からの呼出し状は応えた。妻は、損害賠償を請求する、というくだりを読んで自宅を取られるのではないか、と言いだし、眠れなくなってしまった。

南野は大木弁護士に、

「先生、何とかしてください。このままでは女房は病気になってしまう」

と訴えた。大木は、

「奥様に、『もうしばらくだ』とお伝えください。裁判官は、若い人ですが、南野さんの立場を理解してくれています。会社が何のためにこの仮処分を始めたのか。私から裁判官に、『メッガーにとっては、南野さんの血肉と化した経験と能力が重要なのであって、目先の得意先だとか、ヤマトクの社内秘密に興味がある訳じゃない』と説明してあります」

南野は毎回、大木と一緒に裁判所に出かけた。大木がそう勧めた。個人の強みは顔があることだ、と言うのだ。所詮、会社には顔がない、と。南野は大木に連れられて、裁判官が双方から話を聞く「審尋室《しんじん》」という名の十人ほどで一杯の部屋にも一緒に入った。

裁判所に出かける前の何日かは、大木の事務所に行って書面をつくる。南野はそのために、何度も何度も、子供のような年齢の弁護士に事情を説明した。帰宅すると、妻が心配そうな顔をして待っている。回数が重なるごとに、妻の表情はこわばりを増していった。何度目かの夜、予定よりも長引いて自宅に戻ると、灯りがついていない。手探りで玄関のスイッチをいれると、ダイニングの椅子に座ったままの妻の姿が目に入った。ギョッとした。妻は南野に気付くと、「私たち、この家を追い出されてしまうのね。いったいどこに行けばいいのかしら？　雨が降ったらどうすればいいの？　寒い夜はふるえて過ごすのね」と、あらぬ方を見やって言った。

夜中、南野が目を覚ますと、隣の妻もきっと目を覚ます。妻が身動きしなくても、妻が目覚めたのが南野にはわかるのだ。

「大木先生は、もう少しで終わるって言っていたよ」

南野が暗い天井に向かって呟くと、妻が、「そうね」と唇の動きだけで答える。そして、「私たちはどうなってしまうの？」とたずねる。「馬鹿、大丈夫だよ！」と妻を叱りつけてはみても、南野の心のなかには本当の答えがなかった。

そんな日々が何十日も続いた。

「では、和解を勧告します」

目の前の、息子のような年齢の裁判官がきっぱりとした口調で言った。大木が南野を見ると、小さく頷《うなず》いた。

三カ月後、ヤマトクは南野を追い回すのを止めた。結局、何のことはない、会社と南野と互いに害を加えない、という一項がすべての和解だった。

しかし、と南野は思う。害を加えたのは、会社の方だ。南野は害を加えられた側、いわば被害者だった。それなのに、南野も妻もどうしてあんなに辛《つら》い、死ぬほどの思いをしなくてはならなかったのか。

「この借りは仕事で返す」

そう心の中で自分に言い聞かせると、南野は裁判所の前の歩道に落ちた銀杏の落ち葉を勢いよく踏みつけて、歩きはじめた。

恩義

「ああ、お天道様《てんとさま》の下を歩くのは、気持ちのいいものだ」

樫野喬介《かしのきようすけ》は、風呂敷包み一つをぶら下げて、広島の刑務所を出た。一人。誰も迎えはいない。もう九月の半ばだというのに、陽射《ひざ》しが夏のように照りつける。

ぶらぶらと路面電車の走っている大きな通りまで歩いた。もともと白かった肌が、長い間陽に当たらなかったせいで白くふやけている。人々が忙しげに往《ゆ》き交う道を、ゆったりとした足取りで広島駅の方向へ歩く。そちらが駅とハッキリ知っているのではないが、なに、どうせ急ぎの旅ではないのだ。

樫野喬介、五十三歳。福井の高校を出て東京の大学へ進学した。昭和四十三年のことだ。出た高校は地元ではちょっとした有名校で、T大への進学者の数の多いことを誇りにしていた。早い話が、T大への合格者数が多いことが、唯一無二の名門校の条件なのだ。樫野もそれに貢献した一人だった。

大学に入ってしまえば、特にやることもなさそうな気がして、学校へもほとんど行かず、といって何かに夢中になって時間を過ごすというのでもなく、何となく友人と遊んだり、眠ったり、本を読んだり、盛り場をうろついたりして何年かをやり過ごした。

T大の法学部の卒業生ということで、就職は引く手あまただった。熱心な友人は役人になるための試験勉強に励んだり、あるいは司法試験に合格するためと称して何人かでグループを組んで合宿などをしていたが、それも横目で見ていた。

教養課程の時の友人が日本農工銀行に行くというので、「俺もついでに銀行にでも行くかな。商社じゃ頑張らされそうで、かったるいしな。その点、農工銀行なら預金集めもなさそうで楽そうだから」などと軽口を言って、それでも背広とネクタイ姿できめて、面接を受けに行った。その日のうちに採用が決まった。もう三十年前のことになる。銀行に入ったらすぐに田中角栄が総理大臣になった。

バブルのころ、新宿支店で次長をしていた。出世は早い方だったと思う。周りを見ていると、要領の悪い奴らばかりが集まっているようで、こんな連中を相手に競争していくのだったら、ひょっとしたら俺はこの銀行の頭取になってしまうのかもしれないな、などと思ったりした。古くから土地を持っている会社に目をつけて、そこの社長に取り入る。そのための寝業が樫野の得意なところだったかもしれない。「君、本当にT大を出ているの？」。いつも、老舗《しにせ》企業の社長連中にそう聞かれたものだ。樫野としてみれば、相手が何をしてほしいのか、すぐに気がつくのだ。簡単なことだった。相手と自分を置き換えてみる。それで分かる。相手のしてほしいことをしてやる。会社の金以外に個人の金が欲しいなどというのは、一番簡単だった。土地を買う時に、間に入ったブローカーに言って、一部をキック・バックさせる。融資の金額は樫野が決めるのだ。いくらでも上乗せできた。若い女性と遊びたいが女房が怖い、などという中年男たちも樫野には上得意だった。新しく銀行口座まで作ってやって、入金済みの通帳と判子《はんこ》、それに相手の女の誕生日を暗証番号にしたカードとクレジット・カードを渡してやる。喜んで使うが、どこで何に使ったか樫野には筒抜けになる仕組みだった。

自分の金にも不自由しなかった。

それが、ある時にバッタリと止まった。止まったと思ったら、急に逆回転を始めた。それで、無理をした。沢山の客から通帳も判子も預かっていたから、ある口座から抜いて、別の口座に入れる。抜いた口座に、ばれる前にさらに別の口座から金を入れておく。

何年もそれを繰り返したが、結局時間の問題だった。

逮捕されて、犯行が総額二十億円を超す、と言われて、へえそんなものか、と思った。

弁償ができるはずもない。裁判になる前に妻は離婚届けを郵送してきた。何も言わずに判子を押して返した。子供がまだ大学に行っている年だった。福井の両親は裁判にも証人として出てくれたが、判決は五年の実刑だった。

「やったことはやったことだから、もうこれでいいです、刑務所行きます」と樫野が言ったら、弁護士の方がびっくりしていた。

五年の刑期が何年も残して仮釈放になった。模範囚というほどではなかったが、刑務所の中では、自分でものを考えさえしなければ、自分が一個の人間だということを忘れさえすれば、時間が一日一日確実に経《た》っていく。いや、時間の感覚があるうちはまだ人間が残っているということだ。樫野には一日も早く出たい、と思わなくてはならない理由などなかったから、一日が昨日に似て、また翌日も同じ、という生活に慣れきっていた。

とにかく、出ることになって、出た。福井にはもう誰もいない。農工銀行も消滅してしまった。

横浜に行くつもりだった。昔の上司が引退して公団の団地に住んでいる。刑務所に手紙をくれて、出たら一度訪ねて来いと言ってくれていた。銀行員をしていたころ、一度訪ねたことがあった。まだできたての団地の部屋に小さな女の子がいた。抱き上げようとしたら、生まれた時から目が見えないの、と母親に言われてギョッとした。まだ樫野が三十になったばかりの時だ。「アッコちゃん」と名前を呼んだら、抱きついてきた。

銀行に入った時の最初の上司だった。郷田章太郎《ごうだしょうたろう》といって、高校を出て農工銀行に入った男だった。仕事に何の熱意も興味も示さない樫野を見かねたのか、何くれとなく世話を焼いてくれた。一緒に得意先回りをすると、途中で喫茶店などに寄って、よくコーヒーを飲ましてくれた。そして、事を構えて説教をする、というのではなしに、いろいろなことを教えてくれた。バランス・シートの意味、読み方も郷田が喫茶店の低いテーブルの上で鉛筆を使って数字を書き入れながら教えてくれた。郷田の言う理屈は、一つ一つが樫野の日々の仕事と繋《つな》がっていた。それで、樫野は大学時代にしなかった勉強を始めたのだ。分からないことがあると、郷田に聞いた。郷田は、自分の知らないことは調べ方を教えてくれた。

しかし、郷田は銀行では課長にもならなかった。郷田が辞める時には、樫野は銀行のヒエラルキーでは遥か上にいたのだ。

「久しぶりだね。案外元気そうじゃないか」。郷田と顔を忘れてしまっていた郷田の妻が、八畳ほどのダイニング・キッチンで樫野を迎えてくれた。

「こんな自分に会ってくださって、それだけでもありがたくて、もったいないです」

樫野はありのままの心をさらけ出していた。広島駅で買った紅葉饅頭《もみじまんじゆう》を土産に差し出す。

郷田の前では何一つ装う必要がなかった。

郷田はもう七十を超えているに違いない。瘦《や》せた体の上の頭には白髪《はくはつ》が辛うじて残っているが、歯は大部分が人工になっているように見えた。「君には何もしてやれなくて、さぞ私のことを恨んでいるだろうね」

郷田が妻のいる前で、頭を深々と下げながら、自分を責めるような口調で、ゆっくりと言った。

「私は、君のことを忘れたことは一度もない。女房も同じだ」

郷田がそう言うと、横に座った郷田の妻が、エプロンで目を拭《ぬぐ》った。ふっくらとした手の指に、カマボコ形の指環が食い込んでいる。

「申し訳ない、樫野君、この通りだ」

そう言って郷田はもう一度頭を下げた。妻も下げた。

「私は卑怯《ひきょう》だったのだ。君一人を罪に落として、自分は安全地帯に逃げていた」

樫野は、十年近く昔のことを思い出した。銀行を退職した郷田は、兄の経営する会社に専務という肩書を貰《もら》って入っていた。その会社の経理担当の男が、会社の金を持ち逃げしたために倒産しそうだと言って、郷田は樫野に相談を持ちかけたのだ。

当時の樫野にとって、郷田の言う三千万という金はハシタ金のように思われた。もう、沢山の顧客の金に手をつけていて、何億という金額の操作に毎日追われていた。目の前の郷田の顔の向こうに、以前郷田の家で抱き上げた郷田の娘の顔が浮かんだ。ぱっちりとした両の目をしていて、その澄みきった瞳が見えないとはとても信じられなかったことを思い出した。

「いいですよ、三千万、僕が用立てましょう」

十年前、そう樫野が言うと、郷田は一瞬怪訝《けげん》な顔をした。農工銀行の応接室だった。郷田は樫野の目を見つめ、それから下を向くと、

「ありがとう。この恩は忘れない」

と言って帰った。毎日の忙しいお金のやり繰りに三千万が加わったところで、同じことだった。多分、翌日にでも現金で渡したのだったろう。樫野は、それっきり忘れていた。

「あのお金で私たちは救われた。あのお金がなかったら、一家三人で心中していたかもしれない。そういう時に、君は私を助けてくれた。

それなのに、私は、君が捕まった時、何もしないでいた。女房も毎朝仏壇に手を合わせる以上のことはしなかった。女房のせいじゃない、この私が何もするな、と言ったのだ。私は、そういう品性下劣な、どうしようもない男だ。

私たちには、君が刑務所を出る日が、本当に待ち遠しかった。その日のために、君に助けてもらった会社を何とか生き延びさせておかなくては、と一生懸命働いてきた。三年ほど前に兄貴が亡くなって私が社長になって、何とか生き永らえさせてきた。

オーナーといっても、わずか従業員三十人ほどの卸《おろし》問屋に過ぎない。それも、最近の製造業の海外移転とやらでウチを通る物は減ってきているし、いつまで持つのか心もとないことだ。

だから、まだ足元の明るいうちに会社を解散してしまうことにした。従業員たちにもその方がいい。私が続けていても、うまく行かないものは行かない。今なら退職金も割り増しで払うことができる。それに従業員たちの一部が新しく仕事を始めるなんて言っている。頼もしいことだ。私はもう歳で、ここまでという気持ちだよ」

郷田の話は延々と続いた。樫野は妙な気持ちで郷田の話を聞いていた。

確かに、樫野は郷田の会社を救ったのかもしれない。しかし、それは樫野の金ではなかった。銀行の金を樫野が横領したのだ。多分、郷田は樫野が銀行の金を横領して助けてくれるのだと、あの時分かっていただろう。郷田はいつも律義《りちぎ》な男だった。それでも、郷田には、あの時あの金がどうしても必要だった。

樫野にしてみれば、ちょっとした瞬間の、気まぐれのような感傷だった。郷田にああした娘がいると知っていなければ、知っていてもその娘を抱き上げたことがなければ、あんなことはしなかったに違いない。

「会社を解散するとなると」

郷田の話はまだ続いていた。妻は黙って目を閉じている。

「ここ何年か、若い人たちが会社を始めるたびにささやかだけど援助してきたんだ。何だかその若い人たちが君のような気がしてね。で、今回そうした株の整理をしようと証券会社の人を呼んで相談したら、何と五百万ほどの元手だった株が二十倍になっているというじゃないか。びっくりしたね。何でも一年前ならその三倍はしたというんだ。

私たち二人はもう若くない。それに君のおかげで一応の蓄えもある。だから、その株を私たち一家の恩人である君にすべてお渡ししたいんだ」

「しかし、お嬢さんは？」

樫野は思わず尋ねた。

それまで口を差し挟まなかった郷田の妻が「ええ、敦子《あつこ》は結婚してニューヨークにいますのよ。ご主人のリチャードとの間に子供が三人もいて、琴をアメリカ人に教えていますの」といって、満面の笑みを浮かべた。樫野がこの十年間見たことのない、人の美しい表情だった。

「そうですか、それは良かった」

樫野はそう答えた。そして言葉にはしなかったが、

「つまり、三千万が利息を生んで戻ってきたっていう訳か」

と自分に言い聞かせていた。そして、もう一度、

「そうですか、それは良かったですね」

と郷田と妻に向かって、晴れ晴れとした声で言った。

因縁

《大木先生、お久しぶりです。お元気ですか。私たちのことを覚えていらっしゃいますか。先生は相変わらずお忙しく過ごしていらっしゃるのでしょうから、多分もう記憶のカケラもお持ちじゃないのでしょうね。あるいは先生のことですから、仕事のことに関する限り、すべての記憶が頭の中に一つ一つキチンと整理されていらっしゃるのでしょうか。

ご存じでしたか、私たち、あの件が落着してから直《す》ぐイタリアのカプリ島に来て、二人で暮らしはじめました。

もう五年になります。一九九七年のことですから、先生のいらっしゃるところの習慣でいうと、平成九年ということになるのでしょうか。私はあの時貰《もら》った退職金の半分を旧妻に渡し、残りをすべてドルに換えて、若くて野心的なアメリカ人のファンド・マネジャーに任せることにしました。そのピーター・マーレイ青年から毎月ドルで配当や利子が送られてきます。永井荷風のようなランティエ生活をしているという訳です。

あの時から日本では随分嵐が吹いたようですね。いや、これから風雨はもっと強くなるのかもしれません。私はドルを必要に応じてユーロに換える生活をしていますから、日本の低金利、零《ゼロ》金利と無縁です。もし私が日本にいて、あの退職金を今でも円で持っていたら、と考えるとゾッとします。今の私の生活は、ドル建ての利子率に乗っているから可能なのです。

二人で暮らすために、ローマ帝国の二代目皇帝、ティベリウスの別邸のあった近くにヴィラを借りました。テラスに出ると、明るい、でもとても奥深い青い色をしたナポリ湾が広がっています。その向こうには、海面から直接生えているようなヴェスヴィオ山が見えます。あの二千年前にポンペイの街を呑《の》み込んだ火山です。

今日は、すっかり田舎者になってしまった私と道子《みちこ》が二人で、花の都パリにやって来ました。実は、毎年この季節になると二人でパリに来ます。道子はリュクサンブール公園のリンゴの樹に会いに、私は公園の南にあるノートルダム・デ・シャン通りの端に立っている、あのサーベルを振りかざして叫びつづけているネー将軍に挨拶をしに。こんなことを申し上げると少し気取っているようでしょうか。本当のところは、二人でいることのほか何の目的もないのです。二人でパリの街を歩き回ります。パリの裏街を、手を繋《つな》いだり肩を抱き合ったりして二人で歩いて、歩き疲れたら手近なカフェーに入って休みます。美術館に出くわして、しかも二人ともがその気分だったら、入ります。

実は、今ピカソ美術館の近くにあるカフェーにいます。外側に張り出した席に二人並んで、道路を向いて座っています。朝から歩き詰めだったので、二人ともちょっとお腹《なか》が減って、クロック・ムッシューを頼んだところです。二人で一つ。

食べ終わったら、ピカソに対面します。あそこは何度行っても、遠くから帰って来たような感じに襲われてしまう、不思議な場所です。どこから私たち二人が戻って来たのか？　分かりません。

目の前に小さな公園があります。歳取った女の人や男たちがベンチで日向《ひなた》ぼっこをしています。私たちとその年寄りたちの間の道を、学校帰りなのでしょうか、子供たちが走って通り過ぎます。

隣で道子が先生によろしく、と言っています。

多分、先生にお目にかかることはないのでしょうが、先生は私たちの運命を変えました。恨んで言っているのではありません。「会社以外にも人生があると教えてくれた自分の運命の星に感謝したい」という、五年前の私の感慨は、今もそのままです。

どうして先生に手紙を書きたくなったのかと思っていましたが、ここまで書いてきて、分かりました。地球の裏側で、私たちが先生に感謝しながら毎日を二人で暮らしていることをお伝えしたかったのです。先生、有り難う。そして、お元気で。》

蒔山《まきやま》という姓は珍しい姓だから、大木にはすぐに分かった。秘書が開封した手紙が大木の机の後ろに置かれたインボックスに入っていた。ダイレクト・メールはインボックスには入れないから、最近は郵便物、殊《こと》に海外からの郵便物がインボックスに入っていることは珍しい。手に取って改めて封筒の蒔山という文字を確認した。信じられない思いだった。蒔山貞《てい》次郎《じろう》は、五年前に或《あ》る上場会社の社長の地位から大木が追い払った男なのだ。

「俺は沢山の殺生《せっしょう》をしてきたからね」と人に大木が言う時、その一つがこの会社の件だった。「俺を殺さないまでも、俺が死んだらいいと思っている奴らがいくらもいるさ」と人に大木が語る時、その奴らの一人がこの蒔山だった。

確かに、一件落着となった後、蒔山が「会社以外にも人生があると教えてくれた自分の運命の星に感謝したい」と言ったという話は、人伝《づ》てに聞いていた。しかし、大木にとって、容易に他人を信用しないことは第二の天性になって久しい。そうかもしれないし、そうではないかもしれない。だとすれば、不確かなことを頼りにすることはできない、大木は何によらずいつもそう考えてきた。

よりによって、あの蒔山から、手書きの手紙が来るとは。

弁護士として相手方になった人物は、得てして弁護士が代理人に過ぎないという事実を忘れる。そして、本人ではなく弁護士を恨む。仕事上慣れっこになっているとはいっても、嬉《うれ》しいことではない。だから、相手方だった人間から別の仕事を頼まれることがあると、喜びは一層大きい。仕事の場での大木を、相手方という敵の立場から見ていて、この次には自分の弁護士にこの男を頼みたいと判断したということだからだ。もちろん、相手方としての仕事が片づかないうちは、話は始まらない。弁護士という職業は、コンフリクト、利害の抵触に神経質なのだ。

読み終えて、パリのクロック・ムッシューの匂いの残っているような気がする便箋《びんせん》を、今度はアウトボックスに移す。五年前の嵐は今も続いている。蒔山の言う通り、もっと酷《ひど》くなりそうな気配だ。大木自身の体も自分のもので自分のものではないようなところがある。

それは一体何のためなのか。

日本の司法制度の片隅で、自分の回りを照らすこと、という答えにいつも行き着く。それが自分の使命なら、それを果たす。粛々《しゆくしゆく》とやり遂げる。

それなのに、深夜一人でいると自問することがある。

「生まれてから今日まで、自分は何をしているのか」

その問いに、答えはあるようで、結局ありはしない。

若い時には、こうした煩悶《はんもん》には甘い蜜の匂いがした。しかし、残りが少なくなってくると、時にふっと、いても立ってもいられないような気持ちに襲われることがある。いたたまれないような感じがする。

(あの男は、「運命の星」のおかげで、人生を摑《つか》んだという。しかも、その星は、この俺だという。そういうことか。

あの男が「星」に巡り合ったのは六十七歳の時だった。確か山口《やまぐち》道子という女は蒔山の秘書を長い間やっていた。四十六歳だった。すると、俺が俺の「星」に出会うまで後十二年といったところか。そして俺の「道子」は今三十四歳で、どこか見知らぬところにいて、十二年後に俺と一緒になるとも知らずにせっせと働いているという訳か）
秘書が来客を伝えた。分かった、と答えてワインレッドの革製のメモパッドを小脇に抱える。自然に背筋が伸びていた。

東京テクノは大木が二十年以上前に独立したころからの古い依頼者だ。社長の小此木《おのぎ》壮介《そうすけ》が創業してバブルの前に上場を果たした。船に塗る特殊な塗料を作っている。製品の性格上、軍事目的にも役に立つから、国内はもちろん、輸出先である海外も含めて法的な問題意識は高い。

「やあ、小此木さん、お元気そうで」

「先生こそ、相変わらずですね」

型通りの挨拶を交わすと、小此木が座りなおした。大木よりも三、四歳年上でもう六十歳に近い。学生時代にサッカーで鍛えたという筋肉質の小柄な体にうっすらと脂肪《しぼう》が乗っているが、今でも日曜ごとにサッカーのボールを蹴《け》ってグラウンドを走り回っている。

「私の体はゴルフなんかじゃ精力が余るようにできているんですよ。それに、人生の勉強は毎日毎日嫌でもやらされているから、休みの日くらい人生修業抜きで過ごしたいですしね。空っぽの頭で必死に走る。小賢《こざか》しく手なんか使わない。これが一番です」と言うのが口癖だ。真っ白な髪を短く整えて、その下に上場記念に蓄えたという口髭《ひげ》を短く生やしている。

「実は、先生」

何度この台詞《せりふ》を小此木から聞かされたことか。いつも、何か相談する時には、この決まり文句から始まる。

しかし、今日の話には大木も驚かされた。小此木は、会社を売って仕事から引退したいというのだ。

「人が声をかけてくれるうちが華でしょう。シアトルのユーエス・ペイント社は、先生もご存じのウチの宿敵です。社長のビルとは何度も喧嘩《けんか》しては仲直りをしてきました。深夜目が覚めて、あいつが新しい製品を作るべくこの瞬間も研究に励んでいると思うと、もう眠れなくなる。あっちにしても同じことです。そういう間柄です。

そのビルが、ウチを買いたいって言うんですよ。何でも、別のところへ投資していたのが、今度売却に成功したんで、手元にキャッシュがある、それを一番有効に使う方法は何か、と考えたら、オマエのところを買うことだって、息子が言いだしたんだって言うんです。あいつの息子、ピーターっていう名で赤ん坊のころから知ってますがね、その子がもう三十を過ぎて、おやじのパートナーのような立場になっているんですよ。なに、船用のペンキのことなんか何一つ知りはしません。インベストメント・バンクっていうんですか、それに入ってしばらく仕事をしていたと思ったら、独立して世界中の人から金を預かって運用している。で、親父の会社にも投資したっていう訳です。親子といっても、ビル・マーレイとピーター・マーレイはビジネス・パートナーなんですよ」

小此木が、ピーターなる息子のことをどんな思いで語っているのかを想像すると、大木は胸が痛んだ。小此木にも息子が一人いた。十七歳の時、オートバイに乗っていて大型のトレーラーと衝突して、死んだのだ。もう二十年近く前のことになる。ほかに娘が二人いたが、一人は音楽家になるといってニューヨークに行ったまま家に寄りつかない。もう一人は映画の俳優兼監督になるために上海のどこかにいるはずだった。

ふと気づく。マーレイという姓はめったにない。すると、ピーターというのは、あの蒔山の財産を運用しているというピーターではないのか。蒔山の金がドルになって、大木の依頼者の会社を買収するのではないか。大木は先を促した。

「で、決心しました。私はもう一度、自分の人生をゼロからやりなおしてみるつもりなんです。ゼロ、は嘘かな。でも、今の仕事の延長線上に自分の人生の終わりがあって、そこで何もかも消える、と思うと堪《たま》らなくなるんです。

私は、海と船のことばかり考えて暮らしてきました。ですから、今度は空と飛行機のことを考えてみたいと思っています。飛行機、つまり空港の騒音です。それを画期的に低減する新しい技術を友人のやっているNPOが研究しているので、そこに入って別の人生を楽しむことにしました」

「え、それはまた随分と過激なお話ですね」

大木がそう言うと、

「後がないんでね。残りの時間が気になって仕方がないんです」

真顔で小此木は答えた。そして、

「先生、先生も他人事だと思っていると、人生を間違いますよ。誰でも同じことです」

と小さな細い声で付け加えた。一瞬、大木への労《いたわ》りを表している表情の中に、どこか大木を哀れむ影がさす。

（思い過ごしだろう）

大木は、いつものように具体的な話に移った。売却条件の説明をしながら、蒔山の金が巡り巡って小此木の懐に入る、ついでに少し自分にも来るのだと想像する。「因縁」という言葉が浮かんですぐに消えた。

岐路

アラン＝ピエールのような男の場合を、果たして人生の成功者と呼ぶべきなのか、それとも結局のところは失敗ということでしかないのか。ふとした折にアラン＝ピエールのことを思い出す時、あるいは、彼からの電話を切って次の仕事にかかるまでの間、大木弁護士は取りとめもなく考えることがあった。そして、さしたる波瀾万丈《はらんばんじょう》もなく無難に人生をやり過ごしてきた大木のような人間には、どちらとも断じかねるといういつもの結論に達するのだ。

（所詮、俺のような人間には、あの男のことなぞ分かりようもないに違いない）

一般的な標準からすれば、大木弁護士のしてきたことの中にもドラマティックな見せ場は多々あったのだが、確かにアラン＝ピエール・ムーリスに比べれば、平々凡々といってよかった。

アラン＝ピエール・ムーリスは、もう六十歳を過ぎたフランス人だ。フランスとアメリカ、イギリス、それに日本の四カ国の間を行ったり来たりして暮らしている。本人の言によれば、国籍と婚姻はフランス、税金はイギリス、ビジネスはアメリカ、そして愛情に係わる事柄は日本ということだったが、他の国に行けば別の説明をしているに違いなかった。

当時フランス領だったアルジェリアのオランで生まれてから、パリとニューヨークで経営学の勉強をし、アメリカの巨大電機会社に入った。そこで、電気製品を作ったり売ったりする仕事ではなく、商品の販売に伴うローンの仕事をしたことがきっかけになって三十代の初めころ、アメリカの投資銀行に転職した。

　水を得た魚の如く、という表現があるが、会社の売買に首を突っ込むようになってからのアラン＝ピエールが正にそれだった。

「俺は、ディールを成功に導くことが、それだけで面白いんだ。会社を買いたい奴がいる。そいつは買いたい理由がある。会社を売りたい奴がいる。そいつには、売りたい理由がある。時には自分の会社をどうしても売りたくない、って奴もいる。ところが、世の中は面白いもんで、そういう奴の会社に限って、『どんな手段を使ってでも手に入れたい』っていう奴が現れる」

「違うだろう、アラン＝ピエール。どうしても自分の会社を売りたくない、っていう男を見ると、オマエって奴は『どうしても手に入れたい』って奴を探し出してこなきゃ気が済まないんだろう。探してもいなければ、創り出す。クライアントのどれかに、今すぐ駆け出したいっていう衝動を創り出す。神がアダムを創造した時のように、鼻に命の息を吹き入れるってところじゃないのか」

　恵比寿《えびす》にある、フランスのお城をそのまま運んできたフランス料理屋が、銀座の並木通りの店と並んで、アラン＝ピエールの贔屓《ひいき》の一つだ。そこへアラン＝ピエールが大木を招待して、いくつものワイングラスをテーブルの上に並べたまま、英語での談論風発が真っ盛りだった。数カ月に一度、アラン＝ピエールが日本に来ると、どこかのレストランで二人切りの夕食をとる。もう何年もの間、大木とアラン＝ピエールの間で繰り返されている決まり事だ。大きな頭の上半分が白髪《はくはつ》に覆われていて、顔の真ん中に天狗《てんぐ》のような鼻がある。一度見たら忘れられない顔といっていい。グルメという言葉があるが、アラン＝ピエールのはけた外れだ。世界の主な都市の主なレストランで彼の顔を知らないところはない。日本でも、ちょっと知られた寿司屋のカウンターに座ると、「やあ、アラン＝ピエールさん」と職人から声がかかる。

大木は、アラン＝ピエールと話す時には、何の遠慮もしない。アラン＝ピエールも大木との会話は多くの西洋人の友人の時と同様に、会話そのものを楽しむことができると思っている。

「オー、ムッシュー大木！」

アラン＝ピエール・ムーリスは手元の鴨《かも》にナイフを入れて、大きな一切れを口に放り込むと、「必要があれば、俺は何でもするのさ」と言って、片目を瞑《つむ》ってみせた。

どうやら大木の指摘は当たっているらしい。

「そういうオマエでも諦《あきら》めたディールがたくさんあって、その中には今でも夢に見る、っていうのがあるんじゃないのか」

大木が水を向けた。

「あるさ、もちろん」

そう言うと、アラン＝ピエールは膝《ひざ》の上のナプキンを取ってユックリと口の周りを拭《ぬぐ》った。

「だがね、そんなことは、人生の重要事じゃない」

と厳《おごそ》かに言った。

「人生における重要事っていうのはだな、ムッシュー」

そこで一息つくと、鴨の味を思い返しているように舌を口の中で動かしながら、目の前の大木の顔を眺めなおした。

(オマエのような若造に分かってたまるか)

という考えがアラン＝ピエールの顔に浮かんでいる。日本人である大木は、西洋人には実際の年齢よりも若く見られることが多いのだ。大木の生来の反発心が弾《はじ》けた。

「アルチュール・ランボーが偉大なのは、若くして素晴らしい詩を書いたからではなくて、単に素晴らしい詩を書いたからだろう」

大木はそう言った。世界中のいろいろな場所で酒を飲みながら、何度も英語で繰り返した台詞《せりふ》だった。

「フィッシャー・アンド・フィッシャーで、俺はマイク・ジムニーと同僚だった。マイクが一位でなきゃ俺、俺が一位でなきゃマイク。俺たちはフィッシャー・アンド・フィッシャーを引っ張っていた」

フィッシャー・アンド・フィッシャー、略称FFは新興のインベストメント・バンクとして知られている。ポール・フィッシャーという一代の風雲児が始めて、今では大手の一つだ。アラン＝ピエールがFFにいたことは大木も知っていたが、マイク・ジムニーと机を並べていたとは知らなかった。マイク・ジムニーといえば、今やFFの総師として、世界中の金融、その中でも国境を跨《また》いだ会社買収を取り仕切っている大物だ。バーガンディの白ワインの酔いに任せて、またアラン＝ピエールの自慢話が始まるのだろう。それを黙って聞いてやるのも友達甲斐《がい》というものかと思って、大木はナプキンを唇に押し当てた。少し身を乗り出して見せる。

「マイクは優秀な男だった。馬力もあったが何といっても頭の回転が速かった。あいつにかかると、売りに出てる会社がいつまではあの値段、それを過ぎたらこの値段に下がる、といったことまで簡単にはじき出される。

それに、買収チームを作って、チームのメンバーの全精力を一定の限られた期間内に最後の一滴まで絞りきるのがうまかった。一種芸術的とでも言いたくなるような手際《てぎわ》だったな。世界中のバロン・ホテル・グループ、三十カ所をたった二カ月でスリー・ビリオンで買った時のこと、オマエは知っているか」

大木の頭が回転する番だった。スリー・ビリオンは三十億ドルだ。ということは三千六百億円に相当する。アラン＝ピエールは大木のことなど構わずに続けた。

「あのディールは本当は途中で空中分解するはずだった。マイクが一人で手がけて、首尾よく終わりかけたところで、FFの別の依頼者が三・五ビリオンで対抗のオファーを出したがってると分かった。ビッグ・ポールから『マイクには内密でオマエが手伝え』と言われた。しかし、あれはマイクのディールだ。それに同じFF同士で争うなんてできるもんか」

ビッグ・ポールというのはFFの創業者のポール・フィッシャーのことだった。当時はまだ社長でアラン＝ピエールとマイクの直接の上司だったに違いない。

「ビッグ・ポールは乗り気だった。そりゃそうだ、一ドルだって高い金でディールが決着した方がインベストメント・バンクとしては金になる。それに後から追いかけるとなれば、依頼者が用心棒に払う金も跳ね上がろうってもんだ」

「インベストメント・バンカーの利益相反についての倫理は、仮に存在するとしても、便利にできているらしいからな。同じディールで敵味方か。厳しく縛られている弁護士としちゃ、複雑な心境だよ」

大木が半畳《はんじょう》を入れた。アラン＝ピエールは気にも留めない。

「インベストメント・バンカーについての一般論の妥当性は別として、少なくとも俺は違う。俺は困ったよ。何せ、ビッグ・ポール直々《じきじき》の話だ。世間では、俺とマイクのどっちかが次のCEOになるって囃し立てていた頃のことだ。このディールをやれば、ビッグ・ポールの覚えが愛《め》でたくなることは間違いなしだった」

世界的によく知られたディールだった。大木ももちろん知っている。

「バロン・ホテル・グループの世界同時買収は三十億ドルだった。しかも神業のように速かった」

と合いの手を入れた。

「そうだ。俺は、ビッグ・ポールに『ウチの会社は三十五億ドルの方は手伝えない。ウチの会社が手助けしなきゃ、依頼者はほかのインベストメント・バンクに行く。それなら、そもそも三十五億ドルの話が煮詰まらないうちに、マイクの三十億ドルで済ませましょう』って言ってやったんだ。ビッグ・ポールは呆気《あっけ》に取られた顔をしていたっけな。

そりゃそうだろう、自分の手柄を自分の手で叩き壊すような阿呆《あほう》は、この世界にはいない。ビッグ・ポールが『そうだな。そうするしかあるまい』と不満気に言った時、俺は自分の人生を選んでしまったな、と感じた。

そんなもんだ、そんな大それたことになると思いもしないでしたことが、後から振り返ると自分の人生の大きな転換点になっていたなんてことが、あるじゃないか。あの時の俺がそうだった。

俺は、自分がインベストメント・バンカーとして上がりだと分かった。俺がFFを辞めたのは、直接にはその後、つまらんことでビッグ・ポールと対立したからだが、実はその時に決まったんだ。俺はそれまでのストック・オプションを全部キャッシュに換えて、バミューダに持っていった。

といっても、俺はある野心を抱いて辞めたんだ」

手元の大ぶりの、背の高いワイングラスを取り上げて口の中に白のバーガンディを注ぎ込むと、アラン＝ピエールはいかにも美味《おい》しそうに口の中で転がす。舌は、甘味、酸味、苦味の三つの感覚が分かれているから、ワインは舌全体に触れさせる必要があるというのだ。アラン＝ピエールは、どんな場合も白ワインしか飲まない。

大木は興味を引かれて、先を促した。アラン＝ピエールはゆっくりと飲み込むと、大木

の目を覗《のぞ》き込むようにしながら、

「火の燃えるさま、雨の降っているところ、風の吹いている様子、夕陽の沈む海、落ち葉の匂い、そうしたものを、際限もなくただ感じてやろうと思った。それが、俺の選んだ人生だったんじゃないか、と思った。それ以外のものはすべて、その瞬間のための準備運動に過ぎなかったんだ、と」

大木の悪戯《いたずら》心がまた動いた。

「まさか、一人で感じるっていう訳じゃあるまい？　隣にスカートをはいた人がいるんじゃないかね」

そう尋ねると、悪びれもせずに、

「一人でない場合もある。実際のところ、度々《たびたび》といってもいい」

そう答えると、アラン＝ピエールは、

「しかし、それは問題ではない。俺は自分の人生の時にしか関心がないということだ。それを俺はあの時選んだんだ。悟らされた、っていうことだ。

そして、その自分の人生の時の中で、一度たりとも友だちを裏切ったことがない、っていうのが、俺の誇りだ」

「それで、マイク・ジムニーが今ＦＦの社長だっていう訳だ」

大木が尋ねると、アラン＝ピエールは微笑した。

「ムッシュー、若いな。

俺は自分のビジネスマンとしての能力を証明した。誰もそれは否定できん。俺は俺の人生を楽しむ。奴は、大組織を動かす。組織が奴を必要としなくなったら？　いや、あいつなら、そんなことが決して起きないようにしておくだろうな。何せ、マイクの唯一の楽しみが組織なんだから」

別離

どれほどの時間ウトウトしていたのか。

大河内亮一《おおこうちりょういち》は、飛行機の座席で目を覚ました。ケネディ空港を出てニューヨークの摩天楼《まてんろう》に暫《しば》しの別れを告げたところまでは覚えている。搭乗前に飲んだハルシオンが、効いたのだろう。それに離陸する前に配られたシャンペンに口をつけてもいた。

「オオコウチ君、ファースト・クラスとビジネス・クラスの違いは、一杯のシャンペンだけだよ」

と昔オランダ人の上司が言ったのを思い出す。そんな古びたつまらないことが頭に浮かんでくるのも、太平洋の上を飛ぶ飛行機の中で横になっているからだろう。キャビンの中は、食事が終わったのか、暗い。リクライニングを倒して、体を伸ばしたまま目を瞑《つむ》っていると、動きが少しも感じられない。自分のオフィスのソファに横になっているのと、全く同じだ。

今度の出張は散々だった。

デポジション、宣誓供述、という名の米国式訴訟手続きに過ぎないのかもしれないが、どうしてこの俺が。

相手方の法律事務所に行って、丸一日かけて事情聴取に応じなくてはならないことからして、嫌な話だ。別に自分が訴えられているのでも、訴えている訳でもないが、どっちの側に自分が立っているのかは、言われなくても分かっている。

　まず宣誓させられた。気軽に他人のオフィスを訪ねて、簡単な話でも始めるような調子だった。どこにでもいそうな小母《おば》さんが、速記用の小さなタイプライターの向こう側で立ち上がって、俺に右手を挙げさせた。ビジネスを英語で喋《しゃべ》るのは慣れてはいるが、異国で宣誓させられるのは気分のいいものではない。

　それから「敵の弁護士」の出番だ。どうでもいいような細かいことを、ネチネチと質問してくる。ふっと街で久しぶりに出会った知り合いみたいに気軽に、「それで、その時あなたは何て言ったんですか？」とくる。

　その手に乗ってたまるか。前の日にタップリ、大木弁護士と味方のアメリカ人弁護士を交えて準備してきたんだ。俺が「『あの会社の株はもうそっちには売らない。契約したことなんか関係ない。高い値段で買ってくれるところに売るまでだ』と言いました」とでも口走れば嬉《うれ》しいんだろうが、そうは問屋が卸すか。第一、売る約束なんかしてはいないのだ。

　そこまで考えていたところで、飛行機がストーンと垂直に落下した。体が浮いた。思わずベルトに触れなおす。

今回の出張は終わった。コンサルタントとしての大切な依頼先が、会社の売却に絡んでアメリカの会社に訴えられたのだ。何年も裁判は続くのだろう。どこへでも何度でも出かけて行くしかない。

毎度のことだが、帰りの飛行機の中ってのは悪くないと思う。どこからも切り離されている。あのわずらわしい社会生活から、しばらく遮断された時間。どこにも属さない時間。自分の時。訳もなく、満ち足りた気分。

そいつは、飛行機が成田を目指していることと関係している。往きの飛行機では、そうはいかない。乗った途端に、「早く眠らなくては」と焦りはじめる。ニューヨークの生活時間が忍び込んでくる。仕方がない。少しでも飛行機の中で眠っておかなくては、ニューヨークに着いてから酷《ひど》い目に遇うのだ。一日目はいい。しかし、二日目の午後、会議の途中に睡魔《すいま》が襲う。見えた勝負だ。時差ってやつは、人によって影響が違うようだが、俺は何度経験しても慣れるということがない。

手元のボタンを押して、スチュワーデスを呼んだ。今は違う名前の仕事らしいが、俺は昔そう覚えた。

暗がりの中で紅茶を頼む。

「飛行機の中で飲む紅茶っていうのは、どうしてか分からないけど、とっても美味《おい》しいんだよ」

父親がそう教えてくれたのは、まだ飛行機に乗ることが珍しかった時代だ。俺が子供だったころ。多分、まだ小学生だった。仕事のために飛行機に乗っている父親が誇らしかったのを覚えている。もう五十年近くも前の話だ。

その五十年は、結局のところ、俺にとって一体何だったのか。

その間に、大学にも行きアメリカに留学もし、ビジネス・コンサルタントとして沢山の仕事をしてきた。新聞の一面に出るような仕事もこなした。結婚もした。子供もいる。俺は有能なビジネス・コンサルタントとして世に通っている。

しかし、そいつは、要するに俺にとって何なのか。

「この瞬間のために生きてきた。自分が生きてきたのは、この瞬間のためだったのだ」と信じきれるような、そうした瞬間が、五十五年の人生の間に一度でもあったか。

俺が悪いのか、世間が悪いのか。

そこそこ金も稼いだ。飛行機が成田に着けば、灯《あか》りのついた暖かいわが家へ帰るだろう。港区の広いマンションに妻が待っていて「お帰りなさい。あちらは如何《いかが》でした？」と聞く。俺は「なに相変わらずだ」とでも答える。日本での、日常の再開だ。それで何が不足なのか、何が不満なのか。

何一つそんなものはないはずだ。これが人の営みなのだ。日々があって、すべきことをして、過ぎてゆく。過ぎてゆくことが尊い。そういうことだ。

いつもの習慣で、大河内は成田に着くと飛行機のドアを出たところで携帯電話のスイッチを入れた。オフィスに電話する。秘書の永井里子《ながいさとこ》が出た。

「先生、重要なことがあります」

大河内と確認すると永井が静かな調子で切り出した。永井里子は、大河内の秘書をもう二十年以上務めている。大河内が会社を変われば、一緒について変わる。今の大河内の所属しているスイス系のコンサルタント会社で三つ目だった。

「ご友人の辺見《へんみ》賢三《けんぞう》様が、亡くなられたそうです」

それだけを言ってから、

「自殺だそうです。今夜が通夜ですがご家族だけでとのことでした。告別式の日取りはまだ決まっていません」

と情報を追加する。いつもの永井のやり方だ。大河内がそうしてくれと随分昔に言ったのだ。まず、何の話か、最も重要な部分は何か、それを一言分だけ伝えてほしい。そうすれば、大河内としては事の軽重《けいちょう》を瞬時に判断したうえで、それ以上の情報を落ちついて聞くことができる。急いでいる時には後回しにすることもできる。そういうやり方でないと、永井が伝えようとしていることが大事なことなのか、それとも後でメモを貰《もら》って見れば済む程度のことなのかが分からないままに、イライラしながら聞きつづけなくてはならない。

「辺見が死んだ？　自殺した？」

大河内は手のひらに入るような小さな電話器に向かって咎《とが》めるような声を出した。

辺見賢三は大河内の高校時代からの友人だった。一緒に浪人していた夏休みの終わり近く、地方の国立大学は切り捨てて一流の私立大学に力を集中すべきだ、と大河内がアドバイスした。辺見はそれに従って、地方の国立大学は受験せずにK大の経済学部に入った。T大の経済に入った大河内との交遊は、途切れることなく東京で続いた。

辺見に国際関係の仕事を勧めたのも大河内だった。昭和四十五年の時点で日本の将来を眺めれば、自明のことと大河内には思われた。大河内自身は役所に入って国費でアメリカへ留学した。

ニューヨークでも辺見と会った。辺見のオフィスは、マンハッタンの南の端、ワン・ワールド・トレード・センターにあった。訪ねていくと、

「英語は大変だな。朝からアメリカ人に軽い調子で『ハウ・アー・ユー？』なんて言われると、ただの挨拶と分かっていても『テラブル！』って言い返してやりたくなるんだ」

と嘆いていた。

四十を過ぎて「会社を辞めたい」と辺見が言いだした時に、大河内は反対した。辺見がギョッとしたほど、強い調子で止めた。ピーターパンのように心の定まらないわが身のことがあった。「こんな生活は辺見向きじゃない」と思った。

その辺見が死んだ。「自殺した」、そう永井里子は電話の向こうで繰り返した。

辺見は四十年来の友人だった。高校へ入学したての十五歳から五十五歳まで。もう、そうした友人のできることは、五十五歳の大河内にはあり得ない。掛け替えがなかった。

最近は会うことが減っていた。

「あいつも忙しいのだろう」と思っていた。忙しいのはお互い様だ、それにしても、五十五歳で忙しいのなら、あいつもアノ会社を辞めないでよかったって訳だ、と独り合点《がてん》していた。


地下鉄の東西線の行徳《ぎようとく》駅で降りて、辺見のマンションを訪ねた。何年かぶりでこの駅に降り立つと、見違えるほど賑《にぎ》やかになっている。何だか、ひどく疎《うと》ましいことのような気がして、周りにいる誰かを怒鳴《どな》りつけたくなった。

辺見がこの駅近くのマンションを買ったのは昭和五十八年のことだった。後になって「いやあ、ギリギリだったよ。一年も後だったら、もうバブル真っ盛りになってしまってて、俺みたいな男にはあの場所のマンションは無理だった。俺って運がいいんだな、つくづくそう思うよ」と、一緒に酒を飲むたびに自分に言い聞かせるように、言っていた。それを聞くたびに、幸せな気持ちが大河内の心の中を浸《ひた》した。

鋼鉄のドアの前に立って呼び鈴を押す。玄関を入ってすぐ右の部屋に、絨毯《じゅうたん》の上に布団《ふとん》を敷いて、辺見の遺体が置かれていた。顔にかけられた白い布を外すと、いつもの辺見の顔があった。鼻の穴に脱脂綿が詰められていたが、辺見が悪戯《いたずら》でもしてみせているような気がした。

辺見の妻が、布団の向こう側に座っていた。若いころ、痩《や》せたカモシカのようだった彼女は、今は太った中年の女性になって、ふっくらとした頰《ほお》の上に流行遅れの眼鏡を乗せている。

「大河内さん、わざわざお出でくださってありがとうございます。辺見がどんなに喜んでいますことか。主人はいつも大河内さんのことを自慢そうに話していたんですよ。『俺の友人の中で一番出世した奴だ、大したもんだ』って。時には『お前も大河内の奥さんになっていれば、幸せになれたかもしれないなあ』なんて言うことがあって。そのたびに私は『大河内さんて、男から見れば凄いかもしれないけど、女の私にはアナタが最高よ』と答えていたんです。そう私が言うと、主人、『そうだなあ、まあオマエ程度の女には俺しかいないことは確かだからな』なんて言いましてね」

帰り、辺見がどうして自殺したのかを考えながら駅までの道を歩いた。辺見の妻は「医者は、『日本の中年の男性は脆《もろ》いんですね。会社でちょっとしたことがあるともういけません。誰も気づかないうちにこういうお気の毒な結果になることが、最近多いんですよ』っておっしゃるんですけど。私、あの人のことが何も分かっていなかったんです」と嘆くだけだった。理由らしいものなど何も聞くことができなかった。多分、夫婦というだけのことで、本当に何も知らないのだろう。

「ほんとに自分勝手で頑固な人でしたから。会社のことばっかりで、家族のことなんて何も考えてくれない人でした」

別れ際にそう言って、辺見の妻は泣き崩れた。

俺の目の前から、辺見は突然消えた。そんなことは、そこら中に溢《あふ》れている、ありふれた話に過ぎないのだろう。年に三万人からの人間が自殺する国だ。それに辺見はもう五十五歳だった。しかし辺見は俺の二人とない友人だった。

生きるということは、誰かの視線を感じるということではないのか。その視線は、俺にとっては、実はあの辺見のものしかなかったのではないか。あの視線がこの世にあったから、俺は過去を過去として葬り去りながら、日々を生き永らえてこられたのではないか。

大河内は、駅へ戻りながら、知らず知らず歩数を数えている自分に気づくと、ゾッとして立ち止まった。

継続

「樫村《かしむら》君、このメール、どうしたもんかね」

港通《みなと》商営業第三部の部長、滝川平太《たきがわへいた》が自分の席から部付きの部長である樫村健一郎《けんいちろう》に呼びかけた。左手にプリントアウトしたメールを持って、小刻みに前後に振っている。

「ここへすぐに来い」という仕種《しぐさ》だ。

樫村は港通商に入ってもう三十年を超えている。同期の半分くらいは会社の早期退職勧《かん》奨《しょう》で辞めていった。肩書は営業第三部・部長と、ラインの部長である滝川を補佐するスタッフの一人に過ぎないが、実態は違うという自負があった。

港通商は第一次世界大戦の最中に創業された、業界では古手の会社だ。もともとは船の備品などを船会社に納入していたのが、第二次大戦後に缶詰や玩具《がんぐ》の輸出で飛躍した。高度成長の始まるころ海外からの輸入に商売を切り替え、取扱商品を次々に増やしていった。バブル時代には海外に次々と支店を置いて盛んに拡大していたのが、ご多分に漏《も》れずすべて失敗に終わった。それでも一応会社が続いているのは、一つには不動産の投機に走らなかったことと、海外からのブランド物輸入がバブル崩壊後も相変わらずの賑《にぎ》わいだからだ。

その海外からのブランド物を扱うのが営業三部で、樫村はアメリカからの女性用のヘア・ケア商品の担当だった。

「モンタナ・ハート」という商標《なまえ》のその製品は、三十歳以上の女性を対象にしたブランドで、シャンプーから始まって、今ではアクセサリーや小物のブランドとしても知られている。モンタナの厳しい自然の中を生き抜いてきた白人女性が愛用してきた、という伝説に包まれていて、もう自分は浮ついた生活を続けられる年齢ではないと感じはじめた日本人女性たちに根強い人気がある。

樫村はモンタナ・ハートに三十五歳の時に出合った。クリスマス・ツリーの商売に絡んでビリングズという小さな街に出かけ、その街のドラッグ・ストアで発見したのが、モンタナ・ハートという名のシャンプーだった。まだ三十になったばかりの妻に土産代わりに買って帰ると、とても気に入ってくれた。初めて使った夜、「本当の自然、ってこういうことなのね」と言って浴室から出てきた妻の言葉が、長い髪を濡《ぬ》らしたままの生《なま》めかしい姿態と一緒になって、今も鮮やかに樫村の記憶に残っている。妻も若かった。

早速、輸入を社長に相談した。あの頃の港通商は従業員が百人もいない会社だったから、社長と簡単に話して即決することができた。日本での独占的販売契約を結んだ。

初めは誰も見向かなかった。それでも三年ごとの更新をするくらいの商売には育っていった。

バブルが崩壊して何年かしてから、急に変わった。ここ数年は、年を追うごとに大した広告もなしで、売り上げが着実に増えてゆく。もともと輸入値は大したものではないから、港通商にとってはドル箱の一つになった。樫村も次第にモンタナ・ハートの専任のような形になっていった。年に何回かモンタナに詣でて、日本での営業の状況を報告したり新商品の企画の話をした。日本での案内を買って出る。反対にモンタナからも年に何回か人が来る。来れば仕事だけではなく、日本の案内を買って出る。特に日本での売り上げが上がってくると、港通商としてもモンタナ・ハートの人々を繋《つな》ぎ止めておかなくては、という気持ちが強まるし、モンタナ・ハート側でも多少の接待には慣れて何かしら期待もするようになってくる。夫人同伴で日光や京都に何十回となく行った。コーベ・ビーフも自分が霜降りになるほど食べた。樫村には、家族経営を誇りにしているモンタナ・ハートの心臓部に自分が食い込んでいるという自信があった。

しかし、滝川が手に持って振っているのはいつもの仕入れ計画といったやり取りのメールではなかった。

更新した後の契約期間である三年の終了が近づいていた。半年前までにどちらかから書面で通知しなければ、自動的に更新される、通知があれば三年が満了したところで終わる。そういう契約だった。

モンタナ・ハート側からの終了通知が、そのメールだった。正式の文書は後で送るとあった。

兆候はあった。二カ月ほど前に来日したモンタナ・ハートの担当重役が「カシムラ、オーナーは会社を売るつもりらしい。契約の更新、気をつけた方がいいぞ」とそっと教えてくれたのだ。

オーナーのイアン・ヘンドリックソンはもう八十歳を超えている。持病の腰痛で思ったように仕事ができないと、二年前に来日した折に嘆いていた。そのイアンの奥さんが去年亡くなった。モンタナ・ハートはイアンと妻とが共同して作り上げた会社だった。女性の微妙なテイストはすべて妻が夫に教えたのだ。子供はいない。会社を売るのは、イアンにとって当然の選択といえた。

問題は、買い取り先だった。モンタナ・ハートが日本で最近急速に売り上げを伸ばしていることは、イアンの側のアドバイザーにしてみれば買い手に強調したいポイントだ。

「モンタナ・ハートを買って日本を子会社直轄《ちょっかつ》にすれば、それだけで利益は二倍になる。五年以内に利益は十倍だ」

と言ったとしても、あながち誇張ではない。

「それもこれも、全部俺がやったことだ」

そういう思いが、樫村にはあった。白人向けの商品を日本人に馴染《なじ》ませるために、沢山のアドバイスをした。喧嘩《けんか》腰で成分を変えさせたこともあった。樫村はいつも妻と相談していた。樫村の妻はそのために日に十回頭を洗ったこともあった。

「イアンとあいつの女房がモンタナ・ハートを創ったのなら、俺と俺の女房が『モンタナ・ハート』を片仮名で日本人に広めた」

そういう実感があった。

樫村は、港通商の顧問である大木忠《ただし》弁護士の事務所に出かけた。

「先生、モンタナ・ハートの契約って、向こうから『切る』と言われたら、それでおしまいなんですか。私は納得できない。日本でアレが多少とも知られ、売れるようになったのは、ウチの力です」

樫村は口から唾《つば》を飛ばしながら怒《ど》鳴《な》っていた。

「私があの小さな街で発見して拾い上げてやらなかったら、今の日本にモンタナ・ハートなんて存在していない」

樫村がもう一度そう言って大声を出すと、

「でも、モンタナ・ハートっていう商標はアチラのものでしょう」

と長島《ながしま》弁護士が言った。まだ高校生のようにしか見えない女性の弁護士だ。大木が微笑しながら「まあ、確かに自分で日本の商標を持たない外国の会社はあまりないからね」と間に

入ると、

「ですから樫村さん、残念ですが勝ち目は少ない。ゼロとは言わない。しかし、喧嘩をすることが得策かどうかです。喧嘩をすれば、在庫の売り戻し、関連設備の売却もあやしくなるでしょう。商品の供給も止まるでしょう。会社として、それでもいいのかどうか」

と抑制した声を出した。

樫村が憤懣《ふんまん》やる方ないという調子で、

「要するにウチが熱心にモンタナ・ハートの商売をしたから売れた。だからモンタナ・ハートは自分で直接日本に進出する気になった。でもそれじゃ、ただ取りじゃないですか。そんなこと、許されるんですか。ウチはいい成績を収めたが故に処罰されるというのも同然だ。そんなことって、ありですか」

と大木の顔を覗《のぞ》き込んだ。

「日本では、代理店は特に保護されていないんですよ。裁判をして勝った例もあります。しかし、結局は一年とかそんなものです。自分に独占的な販売権があると主張して仮処分で勝っても、いずれは販売権は召し上げられてしまう。投資の回収と一定期間の利益の補償、といったところ。その一定期間も精々が一年といったところでしょうか」

そう言う大木に、樫村が半ば諦《あきら》めた様子で問いかけた。

「じゃあ、一体ウチはどうすればよかったんでしょうか。余り売れないようにしておけばよかったのでしょうか」

大木は、

「そうじゃないでしょう。港通商として、一定の投資をしてそれを遥かに上回る利益を挙げたことは確かだ。その結果、モンタナ・ハートは日本でよく知られるようになった。これからも十年、二十年にわたって売れつづけるかもしれない。でも、それはモンタナ・ハートという製品の力で、その製品は、メーカーであるモンタナ・ハート社、商標権を持っているモンタナ・ハート社に帰属しているんですよ。

と言ってみても、法律家である私にも、疑問は残る。本当にモンタナ・ハートだけが今後の果実をエンジョイすればいいのか。製品だけの力で市場で売れるものでないことも確かだ。これが土地なら、借地権者には土地の値上がり益の相当部分が帰属しますからね」

と答えた。樫村のいうことに同情している様子がありありと見えた。

大木は続けた。淡々とした口調に戻っている。

「とにかく、モンタナ・ハートだって、誰かがハンドリングをしなくては日本で売ることはできない。だから子会社、という話なんでしょう。しかし、港通商ほどの販売力が期待できるのかどうか。最終的には消費者が決めることですがね。そこに交渉の余地がある。

他方で、港通商は在庫を買い戻してもらわなくてはならない。契約が切れれば、モンタナ・ハートの商標権侵害になって売れませんからね。向こうだって、商品の信用のために当然買い戻したいはずだ。問題は物流施設などと人です。そもそも港通商は、モンタナ・ハートの仕事で食ってきた人たちをどうするつもりですかね。

いずれにしてもモンタナ・ハートと交渉をする必要がある。ただし、交渉ですから相手様のあることです」

三カ月後、モンタナ・ハートと港通商の間の交渉は終わった。契約の期限を半年延ばす、終了した時点での在庫はすべて売値で買い戻す、物流のための設備などは港通商が第三者から賃借りしているだけなので、モンタナ・ハートが借り主となれるよう、双方で大家に頼む、という内容だった。人については、何一つ触れていない。

モンタナ・ハートの販売権の終了時期が近づいた日、樫村は滝川に呼ばれた。

「樫村君、モンタナ・ハートの件、本当にご苦労様だったね。すべて円満に済んで何よりだ。君にも、『もう休んで結構ですよ』とやっと言えるようになった。ありがとう。会社は君に以前の方々と同じ割増の早期退職手当を用意した。

帰ったら奥様にも会社の感謝の意を伝えてください」

滝川は、あらかじめ用意された通りに喋《しゃべ》っている様子だった。樫村の予測の範囲だ。しかし、樫村の方はそれで終わりにする気は更々なかった。

語調を強めて、少し芝居がかった言い方で、

「いや、部長、そいつはちょっと違うでしょう。人間と販売権とは違う。私は三十年以上前から港通商の人間だ。私は辞めない。モンタナ・ハートが消えたからって、私が港通商の人間でなくなった訳じゃないですからね。会社は次に何を私にやらせるのか。私は一週間休みを取りますから、その間によく考えておいてください」

と言って、自分の席に戻った。

一人切りになって、内ポケットからイアン・ヘンドリックソンからの手紙を取り出す。ニヤリとしたのが自分でも分かって、慌てて周囲を見回した。イアンは新しい子会社である日本モンタナ・ハート社を樫村に任せるよう買収先に推薦した、と伝えてきたのだ。そのために、買収先であるアメリカン・トイレタリー社のあるオレゴン州のポートランドへ面接を受けに行けと書いてあった。樫村は一週間の休暇の間にポートランドに行くつもりでいた。そこで採用とならなければ、港通商に何食わぬ顔をして戻る。採用されれば、港通商には退職届を郵送して、日本モンタナ・ハート社のトップになった後で改めて滝川に挨拶するつもりだった。

女色

中根象二郎《なかねしょうじろう》という男のことを記憶している人間は、もうほとんどいないだろう。

私は覚えている。私がアメリカから帰って危機管理のコンサルタントを開業して間もないころに出会った。私が二十代の最後の歳の時だ。彼は四十五くらいだったか。それから彼が亡くなるまでの付き合いだったから、二十年近くの話になる。思い返しても、味な関係だったなと感じる。中肉中背、真っ黒な長めの髪を七三に分けてポマードで撫《な》でつけていた。その下に大きな鼻。当時は未《ま》だ珍しかった縁無しの眼鏡をかけていて、どことなくおっとりとした容姿が血筋を思わせた。

中根の父親、中根兵右衛門《へいえもん》のことは、今でも時々人々の口の端《は》にのぼることがある。戦前に海運王として、日本ばかりでなく広く世界で知られていた。それだけではない。日本が太平洋の戦争をしている間、あれは日本の戦いではなく中根の戦争だと言われたりもした。彼が中国に持っていた巨大な利権と日本陸軍との深い繋《つな》がりは、誰もが話には聞いたことはあっても、結局のところ本当のところは誰も真実を知りはしなかった。

その中根兵右衛門が華族、それも清華家のお姫様を妻にして産ませたのが象二郎だった。名前の通り次男だが、上に長男だけでなく姉が三人いたし、家の外にも沢山の兄弟がいた。

初めて中根にあった時、彼は外資系の化粧品会社で社長をしていた。「サウサリート化粧品」という、ハリウッドの女優が愛用しているという触れ込みの超高価な代物だ。社長というから日本に関する限り一番偉い人なのかと思って話していたら、実はアジア地域担当という上司が東京にいて、ロサンゼルスの本社の信頼は専らそのエジプト系のアメリカ人にあるのだと嘆いていた。アジア担当といっても未だ日本だけにしか子会社がないので、その男もいつも東京にいるのだということだった。

「夜寝る時には枕元にいつも電話機を置いている」と中根が話してくれたことがあった。未だ携帯などない時代の話だ。時差のある本社のボスが、いつ何どき気まぐれを起こして日本に電話をしてくるか分からないから、という説明だったが、高給を貰《もら》ってはいるのだろうが誰しも人知れぬ苦労はあるものだと感心した。ついでに、自分ならとても耐えられないな、と思った。

愉快な男だった。ある時、彼の運転する車の助手席に乗ると黒い大きなサーチライトが床に転がっていた。一体なぜと問いかけた私に、「いやあ、運転のマナーの悪いのが沢山いるでしょう。そういうのが無茶な追い越しをやると、後ろからそのライトで照らしてやるんですよ。こいつは野外戦用の強力なやつだから、リヤ・ミラーに光がまともに入って相手は一瞬目が眩《くら》むでしょうよ」と何事でもないように言うとニヤリとした。「危ないんじゃないですか」と小さな声で言い返したが、「そういう奴はそのくらいのことされて当然なんですよ」と澄ましていた。

会社への電話は直通へしてくれと言っていた。かけると、電話機が鳴るか鳴らないかのうちに「ショー　スピーキング」と間髪を容《い》れずに英語の答えが返ってくる。象二郎だから英語でのファースト・ネームをＳｈａｗと称していた。ショー・ナカネ。私が名乗ると「やあ」とゆったりした日本語に戻るのだ。

彼は、私にこの社会がどうやら想像も及ばない、得体《えたい》の知れない仕組みになっているのだと教えてくれた男でもあった。

彼の会社の経理部長が横領をはたらいた。それ自体は珍しいほどのことでもない。少し会社が迂闊《うかつ》だったというに過ぎない。私が目を見張ったのは、その後のことだった。ほんの二百万を超えるか超えないかの猫ばばに、果たしてどれくらい警察が熱心になってくれるものか心もとないながら「弁護士さんにでも相談するしかないでしょう」と私が言うと、彼は一言のもとに「弁護士なんて、こんな時には役に立ちゃしませんよ」と吐き捨てるように言って、自分で電話を取った。

「健ちゃん、ちょっと済まないけど、こんなことがあって」

親しげに昨日のゴルフのスコアでも話しているかのような会話の先は、どうやら警察のトップのようだった。そういえば確かに大島健之助《おおしまけんのすけ》という名の警察の首脳がいた。

二、三分すると、中根は私の方に振り向いて、

「これであいつも明日の朝は留置場の中だな。馬鹿な奴だ」

とちょっとした旅行のスケジュールでも話すような口調だった。

「今の電話は？」

私が尋ねると、

「大島の健ちゃん。学生のころ毎朝ウチの庭を掃いていた人だ。村の成功者のオヤジを頼って田舎から出てきたらしい。昔はそういう話がよくあったでしょう。それで、オヤジが死んだ時に『お坊ちゃん、これでもう私は兵右衛門先生にはご恩返しできなくなりました。ですから、私はそれをお坊ちゃんにお返しします。何かお困りのことがありましたら私におっしゃってください』って泣き腫《は》らした目で言ってくれた。お坊ちゃんって、私のことですよ」

と答えて「ふっふっふ」と軽やかに笑った。

そんな調子だったから、この私が中根象二郎の力になることなどがあろうとは考えもしなかった。

彼との付き合いが始まって十年以上は経《た》っていた。彼から電話がかかってきて、

「困った。電話で話せるようなことじゃないので、今日どうしても夕方に時間を作ってくれ」

言われて、そうした。

彼の父親の何人かの女性の一人がやっているという赤坂の古い造りの料理屋だった。喧噪《けんそう》の街の中でどうして、と訝《いぶか》るほどの静けさに包まれている。

「あなたのところの受付の女性の話なんだ。惚《ほ》れたから、好きだと言った。私はいつもそうしている。幸い彼女も私のことが気になっていたと言ってくれた。それから先、男と女の間ですることは誰が相手でも同じだ。何度も同じことがあって、そのたびに涙の別れがあった。ところが、今度の女は違った。『私があなたの女だって、世間に言い触らしてやる。だって本当のことなんだもの』ときた」

注がれたビールに口もつけずに、仲居の女性が部屋を出ていくのを見定めると、中根は喋《しゃべ》りはじめた。

「じゃあ、また『健ちゃん』の出番ですか」

私が冗談を言うと、怒って、

「そんなことできますか。女の心は権力では動くもんじゃない」

「だからって、私が具合のいい、女心用の消火器に見えますか」

鼻白《はなじろ》んでそう答えると、

「週刊フェミニンてのが一番しつこい。いろんな筋からアプローチしたが、どうしても記事にするといってきかない。あそこなりの計算があるんだろう。何しろ私はこれでもサウサリート化粧品の社長だからな。ウチのダメージは何でも大歓迎っていう会社がいくつもある。直《す》ぐに辞任しろ、と言われた。例のエジプト系アメリカ人のアジア担当だ。大方、もう次の社長は決めてあるんだろう。

何とか彼女に思い止《とど》まってもらうしかない」

私は問題の厄介さを理解した。個人なのだ、それも恐れを知らない年ごろの個人。これが一番手に負えない。暴力をちらつかせる輩《やから》や組織を背景にした連中は、そこに必ず経済が入り込む。経済は量の世界だから、計算式さえ組み立てて相手の元手を代入してやれば金額が自《おの》ずと出る。

毬村《まりむら》多恵子《たえこ》という名を告げられても、私の会社の受付をしていたというその女性の顔は浮かんでこなかった。

それにしても、なぜ、と思う。中根象二郎は金も社会的地位も名声もある。それが、六十を前にした歳で、どうして次々と相手を替えて若い女性と。

「腹の中で笑っているんだろう。仕方がないさ。私も好きでやっているんじゃない。いや、好きになるからやっているんだが、我ながらどうしようもないんだ。だから気をつけて相手を選んできた。自分の会社の人間には手を出さない。今まではいつも旨《うま》く行っていたんだ。

相手の女性の結婚式に主賓で出て、何食わぬ顔してお祝いのスピーチをやったことも数知れないくらいだ。

多恵子、って子も別に変わった女には見えなかったんだが」

中根は剽軽《ひょうきん》な口ぶりだったが、顔は今にも泣きだしそうだった。

私は不思議な気がした。(何を失うことが怖いのか。女性週刊誌に婚姻外異性交遊《ふりん》の記事が出ると、この男に何が起きるというのか。サウサリート化粧品の社長でなくなっても、この男にはすぐに代わりの仕事が見つかるだろうに。第一仕事なんかしなくても食っていける身分じゃないか)

私は冷淡に映ったに違いない。

「元の雇い主なんだ、会うことくらいできるでしょう。あなたのところを訪ねたばかりに出逢《あ》ってしまった女なんだ」

中根は、最後には私の会社がその毬村多恵子という女性を雇っていたのが悪かったとでも言うような口ぶりになっていた。気持ちは分かる。しかし、私に何かができる筋合いのこととも思えなかった。

「会ってはみますよ。いや、会う努力はしてみます。でも、私に会うかどうかは彼女が決めることですからね」

私がそう言うと、中根は顔の前で手を合わせて拝む仕種《しぐさ》をすると、

「金なら出す。留学でもしてくれると一番いいんだが」

といった。嫌な気がした。

結局、記事は出た。出て、私は中根が何に怯《おび》えていたのかを悟らされた。

中根が会社を辞めた後で、何億もの金を会社から持ち出していることが露顕《ろけん》した。そして女性の告白の次は、海運王の道楽息子が犯した横領事件の話が週刊誌を飾った。

私は中根のためにいつも一緒に仕事をしている大木弁護士を紹介してやった。金は払わせるから心配しないでくれ、と言う私に、大木弁護士は、

「ああ、あの中根さんか――」

と気のない返事をした。私は中根との馴《な》れ初《そ》めから始めて、やっと大木弁護士に中根の弁護士になることを納得させることができた。

大木弁護士はロサンゼルスの本社の弁護士と直接話をしてくれた。自宅では足りず、八十を超えた中根の母親が自分の指に半世紀以上嵌《は》めていた大粒のダイヤの指環を外して、弁償した。

それから数カ月後、私は銀座の歩行者天国で若い女性と寄り添って歩いている中根を見かけた。声はかけなかった。

「雀《すずめ》百まで踊り忘れず」

中根は確かにとても踊り好きな雀だったのだろう。今はもういない。

誤解

「葛城《かつらぎ》君、分かってるよな」

男が三人、日比谷通りに面した巨大なビルから出てきた。方角が分からないのか、左右を見回すと、地下鉄の駅に向かって歩きはじめる。会社の顧問弁護士の事務所に行ってきた帰りなのだ。真ん中の、顔ににきびの跡のある背の高い中年の男が、左隣のまだ若さの残った小柄な男にしきりに話しかけている。強い、押しつけるような口調だった。もう一人の男は遅れている。

「え、葛城君、大丈夫だろうね。君は証人なんだからね。会社のために、自分が裁判所で何を言わなくくっちゃいけないか、何を喋《しゃべ》ってはいけないか、しっかり理解してるよな」

オーロラ交易の課長の岩道博夫《いわみちひろお》だった。話しかけられているのは、部下で係長の葛城吾郎《ごろう》だ。もう一人、遅れて歩いているのは法務部員の中野良一《なかのりょういち》だった。

オーロラ交易の業務は幅広い。東証一部上場とはいっても商社としての規模は二流だが、取扱商品の数だけはどこにも負けないと自負している。海外取引と国内の一次流通のうち、国内にウエイトがかかった会社だ。岩道はそのオーロラ交易の首都圏営業三部の流通業務課の課長なのだ。細々《こまごま》した商品を扱っていることから、通称「ゴミ三《さん》」と言われる営業三部の中でも、販売担当が開拓した顧客との日常の取引を維持するのが仕事だ。口の悪い連中は「雑役課」と呼んでいた。

「何言ってやがる、俺たちがいなきゃ、いくら舌先三寸で注文を取ってきたってアキナイってのは続くもんじゃない。継続は力なり、だ」

というのが岩道の口癖だった。課員十数名が、退屈なくせに緊張の解けない仕事を、その岩道の言葉に励まされながら、毎日せっせとこなしている。

裁判に巻き込まれたのは、ちょっとした行き違いからだった。大量の腕時計を受注した。パソコンのソフトの景品にするとかいう話で、期限を切っての注文だった。一個千円で三万個だから、一回の取引としては相当な金額で、海外からの買い付けコストを計算に入れて儲《もう》けが四割になる予定だった。

それが、発注元のピーエー・ソフト社から引取を拒否されてしまったのだ。もともと時期の決まったものとして注文したのにオーロラ交易のせいでその時期に間にあわなかった、だからキャンセルだという。初め相手の担当者とやり取りをしていたが埒《らち》が明かず、結局お互いに顧問の弁護士を頼んでの内容証明のぶつけ合いになって、最後はこちらから裁判にしたのだった。

葛城は何度も会社の顧問の大木弁護士の事務所に足を運んだ。いつも課長の岩道が一緒に来てくれた。

若い弁護士は葛城の電話メモが決め手になるといって、初めから自信のある様子だった。

当初の納期は途中で繰上《くりあげ》になった、というのが相手の主張だったが、最初の発注書のほか書面になった約束はどこにもない。オーロラ交易の仕事のうち、国内関係の大部分はそうして処理されるのだ。一々書面にして判子《はんこ》など押したりはしない。

相手は、納期の一カ月前に葛城に電話して、一週間の繰上を承知してもらったはずだという。確かに葛城は相手の担当者と電話で繰上の話をしていた。だが葛城は海外のメーカーとの関係で、そんなことができっこないと分かっていた。だから、無理だと断ったのだ。葛城の説明を聞いて、相手の担当者は「そうですか、駄目ですか。困ったなあ。何とかできるところまででも、よろしく」と言って電話を切った。だから葛城は電話メモに、

「納期繰上要請あり。できればベース。無理と説明。」

と書いた。それを見て、若い弁護士は、

「葛城さんがその電話をしながら書き留めたメモなんですよね」

と念押しすると、

「葛城さん、あなたには会社側の重要証人として裁判に出てもらわないと」

と微笑《ほほえ》んだ。

証人に出ると裁判所の決定があって、弁護士から改めて電話メモについて確認があった。それで記憶が戻った。初めは漠然としていた。だが、弁護士と想定問答を繰り返すうちには

っきりしてきたのだ。ピーエー・ソフト社の担当者は、葛城との電話の中で、「繰上ができないんじゃ全部無駄だ。こっちの言う期限以内が無理なら、もう要《い》らないからそっちで何とかしてくださいよ」と言っていたのを思い出した。その時、葛城はピーエー・ソフト社の担当者の身勝手さに「お前のとこの問題だろ、知るかよ」と怒鳴《どな》りつけてやりたい気持ちだったが、冷静に「そう言われましても」と言って電話を切った。だが、もし葛城がその時すぐに海外のメーカーへキャンセルの連絡を入れれば、損害は半分で済んだかもしれなかった。

ピーエー・ソフト社との間で紛争になった当初、弁護士への説明をした時には葛城はその経緯をすっかり忘れていた。第一、誰だって毎日の仕事がらみの電話の内容の細かいところを覚えているはずもない。だから電話のメモを取るのだ。

弁護士事務所から戻って岩道に思い出した通りのことを言うと、一言のもとに「何を今更言っているんだ！」と大声で叱り飛ばされた。それからゆっくり微笑むと岩道は言った。

「なあ、葛城、もう喧嘩《けんか》は始まってるんだ。弁護士さんが言っていたろう、お前さんがその場でつけたメモがある。その種のメモは価値が高い。な、だからこのゲームはこっちの勝ちなんだ。裁判なんてそういうもんさ。

気にするな。俺も証人とやらになったことが一度ある。その時弁護士さんに聞いたんだが、裁判官は証人が偽証するもんだと頭から決めてかかっているんだそうだ。だから書類しか信じない。統計にも出てるっていう話だぞ、日本ではほとんどの人間が会社のために裁判所でも嘘を言うっていう事実が。だけど、弁護士には言うなよ。あの人たちにはあの人たちの立場があるからな。他人の結婚式で教会に呼ばれたのに、わざわざ神父さんの前で『私は神様なんか信じていません』ていう奴はいないだろう」

その時は、なるほどと納得した。

家に帰って、いつもの習慣でパジャマに着替えた後、妻と焼酎《しょうちゅう》を飲みながらテーブルをはさんで話をした。妻は裁判なぞ何のことか分からない様子だったが、「岩道さんのおっしゃることなら」と言ってくれた。背中を軽く押された気がして、踏ん切りがついた。台所兼食堂の向こうの六畳に、まだ七歳と四歳と、それに生まれたばかりの子供が三人、仲良く寝息をたてていた。少し酔ったな、と思いながら三人の額《ひたい》に順々にキスをして、布団《ふとん》に入った。

証言の日、岩道は傍聴席の一番前に座っていた。裁判官が入廷する直前、耳元で、

「何せ、会社が三千万取れるかどうかの関が原だからな」

と激励してくれた。

初め、葛城は会社の弁護士と練習した通りの受け答えをした。問題は、相手の弁護士からの反対尋問だった。相手の弁護士は、葛城の電話メモを取り出すと、薄い毛を丁寧に撫《な》でつ

けた頭を交互に左右に傾けながら、自分の席から葛城の証人席までおもむろに歩み寄ってきた。そして、

「これは、電話のやり取りを一字一句全部書いたものじゃないですよね？」

と尋ねた。ハイ、と答えるしかなかった。

「じゃあ、他にどういうやり取りがあったか言ってみてください」

と言われて、一瞬言葉に詰まった。葛城はほんの一瞬と感じたが、裁判官が答えを促すほど長い時間、沈黙していた。

「どうなんですか、書いてあること以外に何か覚えていることはありませんか？」と相手の弁護士に聞かれて、「よく分かりません」と小さな声でやっと答えた。弁護士はゆっくりと裁判官の方に向き直ると、

「じゃあ、ピーエー・ソフトの人が電話で『もう要りませんので注文はキャンセルしてください』と大事なことを言ったのに、覚えてないって言い張るんですね、あなたは」

と締めくくった。

裁判が終わって会社へ戻ると、岩道が不機嫌そうに言った。

「あれじゃ、逆効果だ。裁判官にはお前の顔に『私は嘘を言っております』って書いてあるのがハッキリと読めたろうよ」

そう言われて、葛城は身を縮めた。俯《うつむ》いて黙っていた。しかし、心の中では「そうか、裁判官は嘘と分かってくれたのか」と逆に救われた思いだった。

判決はオーロラ交易の勝ちだった。全額について仮執行ができるから、もう終わったも同然だと言われて、ひどく嫌な気がした。岩道は上機嫌だった。無理もない、三千万円の穴を埋めるにはその何倍もの商売をしなくてはならないのだ。

「なあ、葛城、お前が下手を打った時にはどうなるかと思ったよ。これもあの若い弁護士先生のおかげだ」

そう岩道は何度も繰り返した。

相手が控訴したと聞いて、葛城はほっとした。だが、もう葛城には証人として出る可能性はない、と聞いてまた暗い気持ちになった。

家に帰って、いつもと同じように焼酎を飲みながら、妻に話した。

「どうしてこんなにあの裁判が気になるのか、自分でもおかしいような、馬鹿げているような気分なんだ。でも、自分の人生に二度と元に戻らない傷をつけた、と思うと堪《たま》らない気持ちになってしまう。何で俺がこんな目に遇《あ》わなくっちゃいけないんだ、って叫びだしたいような気がする」

悄《しょげ》気た声だと自分でも思った。妻は黙って頷《うなず》きながら聞いてくれた。

「神山《かみやま》さんに話してみようと思う。彼なら一番いい方法を知っているはずだ」

神山というのは、オーロラ交易の監査役だった。総務畑が長くて、部長にまで累進してから監査役になった。社長の意向だという噂だった。株主総会の担当を一人で背負ってきたのだ。

狭い監査役室に神山と葛城と二人切りだった。昔は目つきが悪くてどちらが総会屋か分からないと言われた男の表情に、ふっと少年の表情が混じって、白髪《はくはつ》と奇妙なアンバランス感がある。

神山は、

「よく来てくれたね。裁判所を騙《だま》して目先だけ勝とうなんて愚かなことだ。人木先生の事務所なら昔からウチの顧問だからな、私もよく知っている。いろんな話を何度もしてきたんだ」

と簡単に言った。

一週間して、岩道に呼ばれて裁判の結末を告げられた。

「裁判、結局六割で和解っていうことになったそうだ。何で弁護士さんが急に弱気になったのか訳が分からん。六割じゃ儲《もう》けなしだからな。弁護士の払いの分だけ大損だ」

葛城は急に気分が楽になった。落ちつくべきところに物事が落ちついたと感じた。

三カ月後の定期異動で岩道は福岡支店に行くことになった。部長になるという話だったから一応栄転だった。本人もまんざらではなさそうに「福岡で独身生活を謳歌《おうか》してやる」と言い残して旅立っていった。

葛城は「ゴミ三」流通業務課の課長になった。仕事は何一つ変わらない。朝家を出て、夜帰る。課長になって帰宅が少し遅くなったが、週に三回は子供らと賑《にぎ》やかに食卓を囲む。寝る前には毎日欠かさず妻と焼酎を飲む。飲めば会社の愚痴《ぐち》が出る。妻は黙って聞いている。時間になれば寝る。

そのうちに、葛城の耳に会社での噂話が入ってきた。

「葛城課長は自分の上司を監査役に売って出世したらしい。あいつと腹を割って話したら、酷《ひど》い目に遇わされる。会社のためを思った岩道さんは飛ばされて、監査役に告げ口した葛城はわが世の春だ」

そういえば、周りの同僚や部下の態度も、どことなくよそよそしいような気がした。居たたまれない気がした。また神山のところへ行った。

「葛城さん、気持ちは分かる。でもね、長い目で見て誰が本当に会社のためになったか、考えなくても分かるだろう。法律は守る。それが会社の確立したポリシーだ、現在のね」

神山は、独り言のようにそう言って口を閉じると、昔の自分を思い出しているのか、遠くを見るような目つきになった。葛城は神山の視線の向こう側に自分が立っているような気がして、体が熱くなるのを感じた。

密約

大江戸線という名の地下鉄が開通してから、麻布十番への往来は随分便利になった。新しい駅から歩いて数分の距離にあるバロン麻布ホテルも、人の出入りが格段に増えてしまった。以前は、ほんのちょっと格好をつけてプライベートな用事を済ませるのに相応《ふさわ》しい、インド砂岩の外観が粋で小体《こてい》なホテルだった。といっても、今も男の客のうち背広を着てネクタイを締めているのは半分にも満たない。第一、男は三分の一でしかない。そんなところだった。

そのバロン麻布ホテルを記者会見の席に選んだのは、大川健太郎《おおかわけんたろう》だった。会社として今回の事件を深刻なものと捉えていると世間に勘ぐられたくない、とPRコンサルタントに話した。コンサルタントの提案が、プレス・コンファレンスをこのホテルでやるアイデアだった。「バロン麻布で？　マスコミと？」その時、思わず大川は問い返したものだ。東都飲料株式会社の総務・広報担当部長の大川にとって、密かな個人的な思い出の重なっているホテルでもあった。五十五歳の大川がまだ四十を超えたばかりのころの遠い昔のことだった。

記者会見場では、真っ白な木綿《もめん》のテーブルクロスが敷かれた細長いテーブルに、社長の長《なが》沢幸司《さわこうじ》と担当常務の片野泰男《かたのやすお》の二人だけが座っていた。肩書だけが書かれた白い紙をテーブルの前に垂らしてある。緊張した様子の二人から離れたところに高い演台があって、PR会社の人間が神経質そうにメモを繰って準備していた。大川はその後ろに座った。

東都飲料は東証一部に上場している清涼飲料の会社だ。「セリーン・スプラッシュ」といえば日本人なら誰でも知っている。テレビのコマーシャルにも街角のポスターにも、その時々の旬の女性タレントを使う。会社の名前は誰も気にも留めないが、セリーン・スプラッシュは週に何度も飲んでいる。

そのセリーン・スプラッシュに問題がある、回収した瓶を洗浄した後、検査しないで製造工程に回して中身を詰め込んでいる、だから時々瓶の中にゴミが混じったままになっていることがある、という投書が厚生労働省にあった。役所では一応東都飲料に問い合わせてきたが、東都側が「一瓶一瓶人間が視認している」と回答すると、それで沙汰《さた》止《や》みになった。

ところが、ひと月後に役所の同じところにまた文書が送られてきたのだ。今度は写真付きだった。一つ一つの工程をデジカメで撮影したのか、東都が前に言った視認などという工程がないことが色刷りのA４の紙の上で一目瞭然《りょうぜん》だった。その上、瓶の底に糸屑《くず》のようなものが数本沈んでいる製品までが写っていた。「中央官庁では駄目なようなので、所轄《しょかつ》の保健所にもマスコミにも同じものを送らせていただきました」と添え書きがあった。

東都の内部の人間に間違いなかった。

しかし、告発の中身は事実なのだ。缶入りが主流になって以来、瓶入りの製造工程への投資はほとんどしていない。それどころか、少しでも経費を削ってみせるのが工場長の腕の見せどころだ、という雰囲気がずっと社内にあった。

「誰なんだ、外へ漏《も》らしたのは？」という犯人探しに始まって「誰が手抜きをしたのか」という責任論が社内で沸騰《ふっとう》した。しかし、社長の長沢は冷静そのものだった。

「とにかく、人が口に入れるものを作っている会社で、こうしたことが起きたんだ。原因を調べて、それを包み隠さず世間にお知らせする。そしてお詫《わ》びするとともに、二度と起きないための措置《そち》を講じたことを具体的にご説明して消費者の皆様に理解していただく。そのために何が必要か、それだけを考えてほしい」

主だった数十人の社員を集めてそう言うと、広報担当の大川に「誰かこうした時に頼りになる専門家を雇いなさい。普段のコマーシャルの仕事とは別の人々を選ばなくてはいけない」と指示した。組織の階段を一歩一歩確実な足取りで昇ってきた男の謙虚さが、内なる自信に裏打ちされて溢《あふ》れていた。長沢は社長になって五年目だった。

その結果が、今日の記者会見だった。テレビが第一報を伝えた日の夕方にはもうセットされていた。

会場には五十人を超す報道陣が集まっている。PR会社があらかじめ接触していた記者が初っぱなの質問を切り出して、その場の空気を会社寄りに作り上げる手筈《てはず》だった。

しかし、初めに声をあげたのはロサンゼルスに本社のある新聞社の大柄な白人の女性外国特派員だった。四十歳くらいに見える。流暢《りゅうちょう》な日本語で内部告発者との接触を匂わせつつ、会社の説明など頭から信用できないと決めつけた。「嘘」「会社ぐるみ」という表現を何度も使った。

それで、会場の流れができ上がってしまった。記者たちがそれぞれ勝手に東都飲料を糾弾しはじめてしまい、誰も社長の長沢に説明させない。止むなくPR会社の人間の指示で、予定時間を余して早々に切り上げた。

記者たちがまだぶつぶつ互いに喋《しゃべ》り合いながら席を立ちはじめた時、大川の目に、最初に質問した背の高い女性特派員と早口の英語で話している小柄な日本人女性の姿が留まった。髪を長くしているのですぐに分からなかったが、少し猫背気味の姿は早船《はやふね》小夜子《さよこ》に間違いない。

早船小夜子。大川がまだ総務の課長だった時、社長の長沢がまだ人事と総務担当の常務だったころ、大川の下にいた女性だった。もう十年以上前のことだ。できたばかりのバロン麻布ホテルのダブル・ベッドを二人で何度も使った。朝食のルームサービスをベッドで裸のまま二人並んで食べた。

一度など、コーヒーをベッドから絨毯《じゅうたん》にかけて撒《ま》き散らしてしまったことがある。コーヒーカップを持ったまま振り返った小夜子の肘《ひじ》が大川の脇腹に当たったのだ。小夜子は、チェック・アウトする前にホテルに謝罪し弁償を申し出た。受話器を握った小夜子の後ろ姿を見つめながら、大川は愛情とは別の、一種の尊敬心のようなものを抱いたものだった。

「どうして彼女がここに？」

一瞬話しかけることが躊躇《ためら》われた。その間に早船小夜子は外国人の女性記者と声高に会話を交わしながら出ていってしまった。

マスコミの攻撃が続いた。最終的に長沢が社長を辞任することで漸《ようや》く下火になったと一息ついた朝、新聞に公開買付の公告が出た。東都飲料の株を市価の四割増しで買う、とあった。今回の事件で株価は半分以下になっていたから、結局七掛けで済んだということだった。

誰も助けてくれなかった。顧問弁護士ではこうした事態には対処できないからと、専門の弁護士を雇ったが、「大至急、第三者に割当増資をしなくてはなりません。その当てはありますか？」と尋ねられて、俄《にわか》仕立ての後任の社長は「いや、今のウチでは無理でしょう。ウチの株を引き受けてくれる酔狂《すいきょう》な会社なんかないでしょうからね」と答えるほかなかった。

あっという間のことだった。株の三分の二を握ったのは、アメリカで急成長を続けているゴービーという会社だ。エネルギーから食品まで、様々な分野で買収に次ぐ買収を梃子《てこ》にして急拡大を続けている。スティーブ・ゴービーという未だ四十代のＣＥＯが創業者社長だが、周囲を沢山の著名な学者やビジネスマンの社外取締役で固めていて、アメリカ型のコーポレート・ガバナンスの理想像と讃《たた》えられていた。数年前から全米で十位に入る企業になっていた。

そのゴービー社の日本代表が早船小夜子だった。彼女は非上場となった東都に社長として乗り込んできたのだ。

上司に小夜子を戴《いただ》くことになって「そういえば」と大川は思い出した。バロン麻布での逢《おう》瀬《せ》の折、小夜子がふとこんなことを漏らしたことがあったのだ。

「私は、大川さんのこと、とても好き。だから今こうしている。でも、私の夢は、東都で働いてお金を貯めて、アメリカのビジネススクールに行くこと。MBAを取るんです。私は、自分で切り開いたと実感できる、自分だけの人生が欲しい。自分の力しか頼りがなくって、挫《くじ》けそうになったり、一人で自分に怒ってみたり、泣いてみたり。

大川さんが羨ましい。東都飲料という水槽の中で自由に泳ぎ回っている大川さん。

でも、私はもっと大きなところ、水槽じゃなくって海、太平洋のような海で泳ぎ回りたい。私みたいな人間なんかすぐに大きな鮫《さめ》の餌食《えじき》になってしまうかもしれないけれど、それでもいい。それが私が自分で決めたことの結果なら」

早船小夜子は、社長になると大川を執行役員にして人事を担当させた。三カ月以内に頭数を半分にすること、というのが命令だった。真新しい、巨大な透明ガラスの会議用テーブルとそろいの机を置いた社長室でその命令を言い渡されると、大川は「三カ月ですか？」と小声で尋ねた。小夜子は「聞こえにくかったかしら。一、二、三の三カ月。いいですね」と有無を言わせないといった厳しい口調で繰り返した。

「かしこまりました」

大川はそう答えて、以前長沢が社長だった時と同じように深々と頭を下げた。下げると、透明なガラスの机の向こう側に小夜子のすんなりと伸びた脚が二本見える。高級なものらしい薄いベージュ色の靴に隠れた足先には、昔大川が嘗《な》め回した可憐《かれん》な指がついているに違いなかった。訳知らず、倒錯したような気持ちになると、頭を下げたまま、「三カ月以内というご命令ですね」と復唱してみた。妙な昂《たかぶ》りがあった。

大川が出口のドアに手をかけると、後ろから小夜子が「私を失望させないでね」と言葉を投げかけた。有無を言わせない声音が大川の耳に優しく、心地よい鐘の音のように響いた。

約束の三カ月が過ぎる前に、大変動が生じた。ゴービー社が突然に倒産したのだ。粉飾決算だった。利益を仮装して株価を上昇させていた。スティーブ・ゴービーは、不正申告と詐《さ》欺《ぎ》で逮捕された。

大川は小夜子の社長室に呼ばれた。「ジェットコースターに乗っているのも楽じゃないな。

次はどこが東都を買うのか。三カ月が、『一週間以内になった』とでもいうのか。中古車の叩き売りじゃあるまいし、人間相手はそうは行かないんだ、少なくともこの国では。結局長沢さんが社長に戻るってことになるのが、このマネーゲームの落ちじゃないのか」と腹の中で考えながら、ドアを開けた。小夜子がガラスのテーブルに向かって座ったまま、悠然と反対側を顎《あご》で指し示した。

「大川さん、ついに来たわ」

声が上ずっている。無理もない、まだ三十五歳なのだ。その歳で、女性の身で、無理やり東証一部の会社の社長になって、大きな鉈《なた》を振るいはじめたばかりだったのだ。それも自分の方が振り回されそうなくらい重たい鉈を。大川は、小夜子が大きな鉈で自分の脚を切り落としてしまう光景が目に浮かぶような気がして思わず涙が浮かんだ。

「大川さん、こんなチャンスは二度と私の人生に来ない。私はやる。あなたは私についてきてくれますね」

小夜子は大川の顔を真っ正面から見つめると、そう言った。

「えっ?」

大川には何が何だか分からない。小夜子が興奮しているのは、自分の新しい可能性に対してであることは確かだった。

手元の書類を大川の方へ押しやると、

「これ、MBOのプレゼン資料。いくつかのファンドに話してみたけど、食いつきは予想通り。いい。できる」

小夜子は、大川と二人で東都飲料をMBO（経営者による自社買収）にかけようというのだった。今ならゴービー社は東都を叩き売るだろう、それをファンドから借りた金で小夜子と大川が買い受ける。三年以内に再上場する。それでファンドに返済すれば、会社は二人のものになる。

「もちろん、CEO《トップ》は私で、あなたはCOO《ナンバー・ツー》よ」

小夜子はそう宣告すると、立ち上がって窓に歩み寄った。遠くを眺めている。その後ろ姿を拝むように頭を下げながら、大川はきっぱりと言った。

「ついて行きます、どこまでも」

復活

大木が弁護士になってもう三十年になる。「弁護士をしていると、いろいろ変わった経験をするものなんでしょうね」とよく言われるが、大木にしてみると他の仕事をしたことがある訳ではないから、よく分からないと答えるほかない。

それでも、時にはおかしな話に巻き込まれてしまうことがある。

「大木先生、ちょっと相談なんだけど」

電話の主は、矢田《やだ》健次郎《けんじろう》といって、大木の大学時代の先輩だった。大変頭のいい男で、昭和の四十年代の初めに国鉄に入って、出世が早いと言われていたキャリア組の中でもエリート・コースと目されるポストを当たり前のように次々と駆け登っていった。国鉄が民営化された後も先頭を張り切って走っていたから、そのうち分割された会社のどれかで社長になるのだろうと誰もが思っていたのに、ある政治家と喧嘩《けんか》したのがきっかけで突然辞職してしまった。

しかし、矢田健次郎はそんなことでへこたれる男ではなかった。今度は畑違いの外資系の会社に入って、文字通り陣頭指揮で清涼飲料を日本中に売り歩きはじめたのだ。大木とも依頼者と弁護士という関係ではないものの、時々会って食事をしたりする仲が続いていた。

ところがつい数カ月前の新聞にその外国の会社が本国の事情で日本から急に撤退すること

になったと報じられた。記事を読んで以来、果たして矢田はどうしているのか大木なりに気になっていたが、といって大木から連絡してみるのも気が引けて遠慮していたのだった。

　矢田は相変わらずの大声で、

「今度はイギリスの会社だ。前がアメリカだから、俺はアングロサクソンとは余程縁があるらしい。外国の会社に雇われる時には事前にしっかりと契約しておかないと、とんでもないところで酷《ひど》い目に遇《あ》わされるからな。それで君に電話したんだよ。何か以前君も言っていたけど、非競業条項《ノン・コンペティション・クローズ》っていう恐ろしいのがあって、いざ次の会社に移ろうとしても、ふと気がつくと首輪が嵌《は》まっちゃってて、動くに動けなくなるっていうじゃないか」

　大木は思わず吹き出しながら、

「いやあ、矢田さんらしい率直な表現ですね。まだ会社に入ってもいないのに、そこを辞めて次の会社に行くことを考えているとは大したもんですね。アングロサクソンに向いてますよ。外資で働く資格十分だ。この私でお役に立つことでしたら、喜んでお手伝いさせてください」

　と答える。そして、

「ところで、どこの何ていう会社なんですか。矢田さんの行く先がウチの事務所の依頼者だったりしたら、いくら矢田先輩のためでも一肌脱ぐ訳にはいきませんからね」

と尋ねた。

「多分違うと思う。俺の雇用契約書の原案を作ってきたのは、何とか弁護士事務所っていったけど、オマエのとこじゃないから」

「そうですか。ま、それでも念のため教えてください。後でしまったでは済まないことですから」

「さすが大木忠弁護士、固いな。結構、結構。ダラスに本社のあるヴァキューム・サービスっていう会社なんだ。知ってるかな、個人の家に掃除の出前をするんだよ」

「えっ」

大木は絶句した。矢田の妻は、住宅の掃除の大手として知られているホーバントという名前の会社の社長をしているのだ。そればかりではない。そもそもホーバントという社名の名付け親は矢田だった。「ホームの掃除をするサーバント、だからホーバント」ということだった。大木のところに土曜日に夫婦そろってやって来て、「今度女房が会社をやりたいって言うんでね。ま、君に頼むような大きな話じゃないんだけど、僕も弁護士というと君くらいしか知らなくって」と言ったのが、ほんの十年ほど前のことだった。

大木はその時のことをよく覚えている。二人で来る一週間前に矢田から電話があって「折入ってのお願い事だ」と言ってきたのだ。

「まあ、これで女房の関心が俺から少しでも離れてくれればありがたいんだ、実のところ」

と言った。大木から聞きもしないのに、矢田は二十歳も年齢の違う恋人のことを嬉々として自分から打ち明けた。

「ほう、『四十八歳の抵抗』ですか」

と大木が冷やかすと、矢田は照れながら、

「これで案外俺も本気なんだ。でも、三人も娘のいる家庭を壊す訳にはいかないからな、俺もこれで結構苦しいところよ」

と身勝手なことこの上なかった。

「矢田さんはそのつもりでも、相手の女性が同じように考えるとは限りませんよ」

と言って一週間後の面談を約束したのだ。

会社が設立されると、矢田の思惑とは別に、矢田の妻、敦子《あつこ》は真剣に仕事に取り組みはじめた。専業主婦としての二十年の間に、自分の経験をノートに事細かに書き貯《た》めていて、それがそのまま素人の主婦たちのためのマニュアルになった。

矢田に言われたからばかりでなく、敦子の熱意にほだされるようにして、大木もフランチャイズの契約を細かく作ったり、会社が大きくなるにつれての様々な法律問題の相談に乗ってきた。ホーバント社は時代の要求に合致していたことと、敦子が生まれつき持っていた、人間を動機づける力とでもいうものとで、今やこの分野では日本でも有数の会社に成長していた。年商が百億を超えたと聞いたのも、もう何年か前のことだった。

だから、矢田が入ろうとしているヴァキューム・サービス社と敦子のホーバント社が、競争関係にあることは明らかだった。

「そいつは問題じゃないですか、矢田さん。だって、あなた確かホーバント社の取締役でもあるでしょう」

大木がゆっくりと諭すように言うと、矢田は、

「ああ、あっちは辞任するさ。女房も公認だからな、この話は」

と気楽な声で答えた。

「いや、そうはいきませんよ。そんな簡単な話じゃないですよ、これは」

大木の口調に深刻なものを感じたのか、やっと矢田は、

「分かった、できるだけ早く時間を作ってくれ」と言ってから、「俺の雇用契約書なるものの案文はメールで送っとくから、どっちにしても見といてくれよ」と付け足して電話を切った。

矢田との約束の日が来る前に、ホーバント社の社長から電話があった。敦子は、いつもの

落ちついた丁寧な調子とは打って変わった、何かに追いかけられて慌てているような声だった。

「せんせ、大変なんです。どうしても今日お時間ください」

と言われて、大木は夜の十時を約束した。やって来るなり敦子は、

「せんせ、ウチの中野《なかの》常務ご存じですよね。中野が、怒ってるんです。

私、中野の気持ちよく分かります。あの人、私が仕事を始めて最初に入社してくれた人で、それ以来ずっと一緒です。

ご存じでしょう、主人のこと。あの人のことなんです」

主人、と敦子が矢田のことを表現することが、大木にある種の感慨を催《もよお》させた。

(年商百億を超えるビジネスを造り上げた人なのに、夫のこととなると今でも「主人」と呼ぶのか)

「中野、『訴える』と息巻いているんです。いくら女房が会社の社長だからって、その会社の得意先の名簿を持って、外資系のコンペティターに自分を売り込むなんて酷過ぎる。お天道様《てんとさま》が許す訳がない、とこうなんです。頭から湯気出して凄い剣幕なんです」

敦子が説明するのに一々頷《うなず》きながら、大木は中野の薄くなった頭を思い浮かべた。

「そいつは、中野さんが正しい。あの人は真っ正直で一本気な、とてもいい方のようにお見

受けしますよ」

と率直に話した。

「せんせ、でも中野のやろうとしてること、内部告発と違いますか。それなら、初めっから裁判なんてしてはいけないんではありませんか」

「中野さんは、取締役会が会社の利益を守っていないと感じたから、裁判をするんでしょう。それに彼は取締役というだけじゃない。株主でもある」

「でも、せんせ、私、主人にあの会社をやらせてあげたい。そのためにウチの顧客名簿が役に立つんなら、いくらでもとは申しませんが、少々なら。そう決めてます」

「いや、そうはいかない。それに顧客情報は会社が勝手に第三者に譲渡していいものじゃない。いくら敦子さんが社長でオーナーでも、そうはいかない」

「どうしてですか。会社は私のものではないんですか。私は会社の株、三分の二以上持ってます。それ、上場するんでなかったら、それだけ持っとけ、とせんせがおっしゃった数字です。私が造って大きくした、私の会社です。煮て食おうと焼いて食おうと、好きにしていいのではありませんか」

目の前の、ほっそりとした敦子の口から「煮て食おうと焼いて食おうと」という台詞《せりふ》が出るとは大木の想像を超えていた。矢田に対する敦子のひたむきな気持ちが伝わってきて、大木は胸が熱くなった。

「でも、あなただけの会社じゃない。少数でも、他に株主がいる。会社はその少数の利益を無視できない。それに顧客の個人情報保護は当然のことでしょう」

「でも、せんせ、私が熱心に、一日二十四時間、一生懸命働くのが会社のためになるんです。ひいてはそれが世の中のためになる、せんせ、いつもそうおっしゃってるじゃないですか。時間だけじゃないです。経営者は心の中が充実していないと。そのためにはあの人が仕事で燃えていてくれないと、私が駄目になるんです。何ですかあの人、とっても運が悪かったっていうんでしょうか、突然に今の会社が日本でのお仕事を引き払うことになってから、すっかりしょげ返っちゃっています。私、見ていられません。この十年、私はいつも自責の念に駆られていました。仕事にかまけた悪い妻。でも、あの人、それはそれで適当にやっていたみたいだから、それなりに私は帳尻《ちょうじり》は合っているつもりでした。でも、今度は違います。

私、主人を新しい会社で復活させたい。もうあの歳ですから最後のチャンスです。そのために許される最大限度、教えてください。中野も納得するように」

大木は矢田健次郎と二人だけで会うことにした。

大木は、ある保険会社の元役員が会社の内部情報を漏《も》らして裁判所に一億以上の損害賠償をしろと言われた話をした。

「しかし、俺の女房だぞ。夫婦が寝室で話す中身まで裁判所に何か言われなくちゃいかんのか」

と矢田は憤然とした。

「寝室で顧客名簿を渡せば、そうなるでしょうよ。日本は法治国家だから」

大木はそう冷静に答えた。


今や、住宅における掃除サービスの業界では一位がホーバント社で、矢田が率いるヴァキューム・サービス社がこれに猛迫している。もう子供も巣立ってしまった二人は都心のペントハウスで二人切りで仲良く暮らしているが、大木が二人のために定めた規則に従って、家では決して仕事の話をしない。

奇妙な夫婦もあったものだ。今でもホーバント社の顧問弁護士である大木はこの時のことを思い出すたびに、心が和《なご》むのだ。

使命

『サイモンとガーファンクル』が再結成されたとテレビが伝えた。画面に少し歳取った二人の姿が映ったかと思うと、懐かしい歌声が流れ出す。その瞬間、大津《おおつ》健夫《たけお》の心の中に昔の光景が浮かび上がった。

大学の秋の試験が終わったから仲間で集まって飲もうという話になった。金井《かない》、三輪田《みわだ》、小野《おの》、宮口《みやぐち》、斉藤《さいとう》が、六畳に小さな炊事場が付いた切りの大津の木賃《きちん》アパートに上がり込んでの、男ばかりの飲み会だった。

金井が、サイモンとガーファンクルのLPレコードが大津の本棚にあるのを見つけて「俺、これ好きなんだ」と言うとヘッド・フォンで聞きはじめた。自分だけに聞こえる音に合わせながら、小さな声で唸《うな》っている。それがテレビの画面から不意に出てきた曲だった。『明日に架ける橋』という曲名もメロディーも大津はよく覚えている。ある女性のために、いつもは黙って静かに後ろで控えているけれど、彼女が疲れ切ってしまって誰でもいいから助けてほしいと思う時、わが身を彼女の足元に投げ出して慰めてあげたい。そのころ大津は本気でそう願っていた。

昔のことだ。今は彼女がどこでどうしているのか知りもしない。大津には毎日何かしらすることが目の前にあって、しかもそいつが途切れないのだ。

大津健夫は昭和二十二年に生まれた。小学校時代から海外に憧れていたので商社に入った。東証一部に上場している永峰《ながみね》交易に入社して三十三年になる。社員食堂の定食を食べるように社内結婚した妻とも、銀婚式がとっくに過ぎた。二十五歳になる一人娘がまだ独身だ。

四十五歳を超えたころから太りだした。百六十七センチ、七十七キロ。自分でもこれではいけないと思うのだが、何度決心しても続かない。最後は「ま、俺は煙草《たばこ》を吸わないから、その分だけは他の奴よりマシって訳だ」と自分に弁解して終わる。最近は老眼が進む。いずれ新聞を読むのに虫眼鏡でも使うのかと思うが、どうなるものでもないと抵抗しない。

自分のことを幸運な男だと思っている。念願通り何度か海外でも暮らした。シアトルではアメリカらしい豊かな物質的生活とその裏にある質素なピューリタン精神を体感したし、ジャカルタでは王侯貴族のような暮らしもした。今の東京の自宅は地下鉄に三十分は乗らなくてはならないが、ローンはそろそろ終わる。

何よりツイていたなと思うのは、早いうちに永峰交易から関係会社である今の会社、極東部品に移ったことだ。四十五の時、派閥の親分が死んでしまった。それで逸《はぐ》れ烏《からす》になって、あっという間に今の会社に飛ばされた。海外取引が主流の永峰交易にとって、ドイツとの合弁《ごうべん》会社、それも相手の技術に頼って人知れず工作機械の部品を作っているメーカーなど日陰の雑草に過ぎない。しばらくは腐っていたが、やがて諦《あきら》めの心境に達した。どう足掻《あが》いてみても、もう大津が永峰交易に戻ることはあり得ないのだ。それに永峰交易の業績が段々下がってきたことも、大津の気持ちを楽にしていた。「いずれにしても、製品が売れれば誰かが部品交換をしてやらなくっちゃいけない」。そう考えて大津は部品の補給を生まれてからずっとやってきた仕事のようにこなしてきた。押し上げられるように部長になった。取締役から上はそれぞれの親会社から、大津のようなレベルの人間とは別のルートで来るから大津には無縁の世界だ。

大津が極東部品に来てすぐにバブルが崩壊した。アメリカのホテルに巨額の投資をしていた永峰交易は、ホテルの処分をするたびに確実に沈んでいった。同期入社の連中はもうほとんどいない。しかし、大津のいる極東部品は永峰交易の不振とは無関係にそこそこの業績を続けていた。この分なら、大津が定年を迎える四年後まではつぶれもせずに給料と退職金を払ってくれるだろう、年金もいくらかは出るはずだ、大津はそう考えていた。

ところが、大津は自分の考えの甘さを思い知らされることになったのだ。

極東部品の株がまとめて売られてしまうことになった。二社バラバラでは買うところがなかったのが、ドイツの会社も自国の不況で追い詰められて丸ごとの身売りが決まった。

新しいオーナーは流行の独立系プライベート・エクイティ・ファンドとかで、主に日本の機関投資家から資金を集めて、会社を買っては人減らしをして利益を挙げるのだという。日常の仕事の性質からそうしたことに関心の薄かった大津は、新聞記事でファンドの名前が『ダナエー』といい、トップがあの金井だと初めて知った。

金井は大学でも勉強熱心な男だった。当然のように一流の都市銀行の一つ、飛鳥《あすか》銀行に入った。初めは「嫌になるぜ。国鉄が切符を売った金を集めて回るのが仕事だからな。いいか、大きな袋一杯のコインなんだぞ。その重いこと重いこと。俺は大学で経営学じゃなくて重量挙げをやっとくべきだったと後悔しているよ」などとぼやいていたが、段々銀行マンらしくなっていった。そして銀行の社内留学制度でアメリカに行ったことが彼の人生を変えた。まだ外資系の金融機関で働く人間の珍しかった時代に、アメリカ系の投資銀行というのに入ったのだ。

友人がオーナーになったのだから、何か自分にとって思いもかけぬいいことがあるのではないか、という仄《ほの》かな期待があった。だから、突然にメールで金井から「ご存じかと思うけど、こんど君の勤めている会社を買ったよ。でも、それはビジネスの上のことで、お互いのプライヴェートには何の関係もないことだから。個人同士は個人同士として今まで通りよろしく」と言われた時には、ひどく嫌な気がした。金井の言ったことが不人情だからというのではなかった。自分がほんの少しでもさもしい気持ちを抱いたことが、何だか自分の人生にとって拭《ぬぐ》い去れない汚点になってしまったような気分だった。「俺が一体何をアイツに頼んだというのか。どんな個人同士の関係があったというのか」。そう金井に返信を叩き返したいような昂《たかぶ》りがあった。

ダナエー・ファンドは極東部品の社長に、金井の腹心と言われている中川良太《なかがわりょうた》という男を送り込んできた。まだ三十代の男だった。

その中川が、就任早々大津を自分の部屋に呼んで、小さな眼鏡のフレーム越しに言ったのだ。

「大津さん、率直に話します。会社を辞めてください。誤解しないでください。私は大津さんだけにこういう話をしているのではありません。ウチのファンドはトップの方針で、関係した会社のどこでも団塊《だんかい》の世代の方には全員お引き取り願っているのです。個人の能力は関係ありません。念のために申しますと、個人の特殊な人間関係も考慮の対象になりません。大津さんはウチの金井と学生時代からのご友人だそうですが、この会社については、私が一切を任せられています。

すべて、若い人のためです。金井の方針は、明治維新や戦後のパージの後と同じ状況を今の日本に作り出すことです。分かりやすく言うと、天井を取っ外して青空が見えるようにする。その下で若い人々に自由にやってもらう。その結果駄目な人には辞めてもらって、集団を引っ張っていく能力のある方に会社を全面的に任せる、ということです。ここのトップに相応《ふさわ》しい人間を一刻も早く見つけることとそれまで会社を切り盛りすること、そこまでが私の役目です」

中川の言葉を聞いて大津は逆上した。個人の能力以前に年齢で門前払いをする、その理不尽さに義憤《ぎふん》を感じた。大津は金井を訪ねる決心をした。自分のことを話すつもりはなかった。抗議する以上、自分は極東部品を辞めざるを得ないと覚悟した。何よりも、金井も同じ団塊の世代の人間ではないかという気持ちが抑えられなかった。

「ファンドへの投資家たちに対して君がどんな義務を負っているのか、僕は知らない。知らないが、結局は金の問題なんだろう。だったら鼠《ねずみ》をよく捕る猫かどうかの問題で、猫の歳なんかどうでもいいじゃないか。

現に僕より年齢は三つ上だが、下河内《しもごうち》常務なんか、極東の宝だぜ。彼の生産ラインの改善プランがこの十年でどれほどの利益を会社にもたらしたか。極東部品を買収した君ならよく分かってるはずだ。それを単に年齢という基準で切って捨てる。愚かだな。ファンドへの出資者は年金とかの機関投資家なんだろう、それならその金の微少な一部は僕の金のはずだからね。二重に憂えるよ」

金井は黙って聞いていた。聞きながら、心のなかで大津のいうことを反芻《はんすう》していたのだ。

（昔から大津はこういう奴だった。人間には二種類ある。目の前の事象に感情的に反発してそれきりの奴と、目の前のことの裏側が気になる奴と。コイツは前者で俺は後者だ。それにしても、髪の毛がすっかり真っ白になってしまって。それに顔の肉の弛《たる》み具合はどうだ）

金井は口を開かない。

「おい、何とか言えよ」

大津が気負い込んで声を励ますと、金井はゆっくりと話しはじめた。大津と同じ歳のはずだったが、真っ黒な頭といい顔の色艶《いろつや》といい、どう見ても四十過ぎにしか見えない。

「俺たちの時代は、花開かずして終わったんだよ。

俺の仕事は『団塊外し』だと思っている。この重しが取れれば、日本も捨てたものじゃない。だけど、俺たちがこの圧倒的な人数の重量感で天井を覆っている間は、駄目だ。人数の問題だけじゃない。心だよ、性根なんだよ。

例えば、お前はなぜリストラされるのが嫌なんだ？　仕事がなくなる？　冗談じゃない、世の中には仕事は溢《あふ》れている。ただ、みんな自分に相応しい仕事がないと文句を言っているだけなんだよ。公衆便所の掃除人は嫌か？　じゃ、公衆便所は使わないのか？　『そんな仕事をするために大学に入ったんじゃない』って言いたいのか？

大学を出て、小奇麗な仕事に就いて、結構な給料を貰《もら》って、冷房の効いた家で恋女房と歳を重ねる。そういう予定、期待、夢は、どれもお前の側の一方的事情だ。世間様には関係ないことだよ。

俺たちは『人はこうするもんだ』と教えられてその通りにしてきた。だがな、だからってそう教えた人間も何かが分かってた訳じゃない。『そう教えるもんだ』と言われて鸚鵡《おうむ》返しをやっていただけなのだろうよ。

間違った切符をあてがわれた。それだけだ。しかし、その間違った切符を握り締めたままの奴らがあまりに多い。隣もその隣も同じだから、自分たちが地獄行きの列車の客だと気づかない。他人の迷惑になってるなんて思いもしない。

それを無理やり退《ど》けるのが俺の使命だ。この世代の人間でないとできないからな。俺はこの世代に殉じるつもりだ。最後の一人に止《とど》めを刺したら、俺も行く。

早い方がいい。結局、誰も他人の面倒は見きれない。生まれてきてしまった以上一人で生きるしかないってことは、一刻でも早く知った方が当人のためになる。なぜか分かるか？　それが事実《ファクト》だからだ」

ここまで話すと、金井は言葉を切った。大津の顔を見つめる。瞬《まばた》きをしない。大津は堪《たま》らず、

「とにかく君は安全地帯にいるからな」と叫んだ。

「安全地帯？」

そう復唱するように静かな低い声を出すと、金井は、

「哀れな告白だな。そんなものがこの世にあるって発想自体が、『私は淘汰《とうた》されるべき存在なのです』と言っているように俺には響く。

どうだ、チャンスをやろう。俺と一緒に『団塊外し』をやる気はないか。

まず手始めが今お前がいる極東部品だ。五十歳以上の人間は全員新しい人生を探すしかないところへ追い込むつもりだ。最後は自分で自分の首を刎《は》ねる仕事だよ」

そう言って金井は右手の手刀で自分の首を切り落とす動作をして見せると、にやりとして続けた。

「でも、別に目新しい話じゃない。昔から人類はそうやって生き延びてきたんだ」

大津は妻に相談した。これまでも人生の節目節目で大きな決断をする時にはいつもそうしてきた。皺《しわ》が増えても、妻の大きな瞳の奥は若いころと少しも変わらずキラキラ輝いている。

「金井さんにはあの方の生き方があるんでしょう。でも、あなたはあなた」

　結局、大津は金井の申し出を断った。世の中は昔も今も誰のためにもできていない、という金井の考えは正しい。金井の使った「俺の使命」という言葉は、確かに大津を鼓舞《こぶ》する。しかし、だからといって彼の言う『団塊外し』はどう考えても不当なことだとしか思えない。

（金井は手術台の上に社会全体をのせて、悪いところを抉《えぐ》って捨てるという。良かろう、この俺の役回りは、その大手術を受けた後の日々を何とか生き延びてみせることのようだ。そうならば、そいつをこの俺がやり遂げてやろうじゃないか）

　大津は生まれて初めて、「使命」という言葉に腹全体に応える重たいものを感じた。

あとがき

産経新聞の宝田さんに「月に一度、短編を書いてみませんか」というお誘いをいただいたのが二年以上前のことになる。平成十四年の二月から二年足らずの間、数カ月の休みを挟んで続いた。その果実が扶桑社の吉田さんのおかげでこの短編集になった。

あのころも今も、産経には石原慎太郎さんが『日本よ』を連載されている。ご存じの通り、もともと江藤淳さんが『月に一度』という題で連載されていたのを江藤さんの亡くなられた後、石原さんが友情から引き継がれたのだが、その連載のある新聞に私の文章が載せていただけることが嬉しくてならなかった。

月に一度は時間があるようでいて、ない。殊《こと》に私のような日曜作家にとっては、機会は四回しかないし、その上、本業である弁護士の仕事で休みがつぶれることもあるから、結局締め切りに追われるという羽目になってしまうことが多かった。

それでも一度も遅れることなく無事に終えることができたのは、産経新聞のご担当だった宝田さんと寺田さんに負うところが多い。題名も考えていただいた上に、連載時には一編の印象が目に飛び込むような写真もつけてくださった。何とお礼を申し上げたらいいのか。宝田さんとの不思議な邂逅《かいこう》がなければ、私が蚕《かいこ》になって短編を次々と紡ぎ出すことはなく、この本がこの世に現れることもなかったに違いない。ここに記して改めて感謝申し上げます。

モデルのことなどを、連載中に何度か尋ねられたので、以下思いつくままを書きつけてみたい。

『攻撃』　イタリアに行ってオペラのテノール歌手になろうとした男は中学以来の私の親しい友人である。その男の父親は会社の重役をしていた。しかしその男自身は自営業者で上場会社の取締役はしていない。

『逆転』「深夜の帰宅を待ち伏せてのサンド・ウェッジでの一撃」が初めにあって、物語ができ上がった。取締役の役割や投資会社のことは、いろいろな断片をその周囲に寄せ集めたに過ぎない。

『勇退』　主人公は本当に造船が好きだったのではなく、世界一が格好いいと思ったに過ぎない。これに似た人々は、現役の学生の中にもたくさんいるに違いない。堺屋太一さんが述べていることだ。私は学生の就職先企業の人気番付を見るたびに感慨にかられる。人生は長いのに、決定は準備不足のまま一瞬。だから終身雇用の崩壊は好ましい、という議論をするつもりはない。ただ、「見る前に跳べ」というのは人生の鉄則だなあと溜息《ためいき》をつくだけだ。

何事によらず、と付け加えてもいい。

『醜聞』　巨大会社の幹部社員だった女性が夜には別の顔を持っていたことが、神泉の駅近くのアパートで殺されて露顕した事件があった。その新聞記事と社外取締役とを無理やりくっつけてみたのがこの一編だ。

『勇気』「私のスケジュールは部下が勝手に作り上げてしまうんですよ。海外出張もそうして私抜きで決まります。ですから、私は時差には無抵抗主義なんです」とおっしゃったのは、ある巨大企業の専務さんだった。ただし、幸いその方は今でもお元気だ。そして、その方のスケジュールを「勝手に」埋めていた部下が今や取締役として、逆の立場になられている。

『権利』　大学のサークルの同窓会が細長い和室であった。その場で株主提案権を行使した投資ファンドの話が出た訳ではない。だが、この事件には私なりの考えがあって、他の機会に喋《しゃべ》ったことが何度かある。要は日々の会社の経営は株主権の行使とは別のことだという当たり前のことである。

『和解』　検事を辞めて弁護士になった直後、二十代だった私は、カリマンタン、昔のボルネオの木材伐採権を巡る訴訟に携わった。六年続いたその裁判が最高裁で終わった時には、私は独立して自分の事務所を開いていた。銀杏《いちょう》並木の下を歩いて地下鉄の駅まで通ったのは、その後のことになる。ノン・コンペティション・クローズでの訴訟も何件かあった。多く会社側だったから、この話の主人公の敵《かたき》側の弁護士を務めた。

『恩義』　私は広島の高校を出ている。中高一貫のその学校に路面電車で通った。その上、広島で一年間検事をしていたこともある。その時に刑務所の中で裁判官と弁護士を相手にソフトボールをした。「商社じゃ頑張らされそうでかったるいし」といった大学時代の友人は今、あるメーカーで大活躍している。

『因縁』　私の最初の小説『株主総会』の主人公の一人、蒔山貞次郎と、その歳《とし》取ってからの新しい人生のパートナー、美しくて聡明な道子の後日談だ。蒔山は谷崎潤一郎の『細雪』の蒔岡姉妹からとった。貞次郎という名前が次女の夫で公認会計士をしている男の名だということに気づかれた方もいらっしゃるに違いない。ピカソ美術館の前のカフェに腰掛けていたのはもちろん私である。ある晴れた日、パリでの取締役会の合間を縫って出かけた。アメリカ大使館の横のホテルから随分歩いたのを覚えている。クロック・ムッシューは残念ながら一人で食べた。二年半前のことになる。その時は一年半後に小此木と同じ運命が自分を待っているとは想像もできなかった。ちなみに「マーレイ」は月の海を指すラテン語である。カプリは昔のハリウッド映画にプロペラ飛行機の小さな窓からの眺望が出てきた、私の夢の島である。

『岐路』　アラン＝ピエールは何人かのアメリカ人やフランス人、それにドイツ人や中国人の友人を重ね合わせて作り出した人物だ。「火の燃えるさま、雨の降っているところ、風の吹いている様子、夕陽の沈む海、落ち葉の匂い、そうしたものを、際限もなくただ感じてやろう」というのは、未《いま》だ遂げていない、しかし抑えきれないほどに強い、私の心の中にある願望である。このままそれを抑制して人生を終わることになるのかどうか。それは私自身への根源的な問いかけでもある。

『別離』アメリカの訴訟手続きは、弁護士としての私の日常生活の一部に過ぎない。ニューヨークの世界貿易センターに友人を訪ねたのは、もう二十年近く昔のことになる。ミノル・ヤマサキ設計の建物は幼いころ建築家を志したことのある私にとっては、何か懐かしいもののような気がした。彼と私は駒場の薄暗い教室で初めて出会って背伸びした挨拶を交わし、ニューヨークのWTCの四十何階かでバブルの始まった日本の金融機関について話を咲かせ、東京に戻った彼にかかってくるヘッドハンターからの電話の話を肴《さかな》に六本木で酒を酌《く》み交わした。いつも煙草が彼の手にあった。ついこの間、グラウンド・ゼロと呼ばれるようになった場所を訪ねたが、アメリカ人のビジネスマン相手に英語で、表情豊かにきびきびとした指示を与えながら、同時に日本語で私にこれからの銀行での新しくて大きな可能性を持った分野への意欲を語りつづけた彼を思い出させるものなどは、何もありはしなかった。彼は日本の一部がバブルの余韻にひたっていたころ、私が彼を癌センターに見舞った直後に、沢山のことをやり残したまま、突然いなくなってしまった。後に家族を残しての死だった。どんなに悔しかったか、どれほど残念であったか、無念でならなかったか、そして最後の瞬間に愛する者を思い浮かべた時に彼の感じたろう悲しみ。生き残った側はただ想像するほかない。神に愛された人間は早く逝くということなのだろうか。しかし、彼は生きつづけることをハッキリと強く望んでいたのだ。将来のための準備を周到にしていたのだ。

『継続』初め、私の中にジョージア・オキーフのような女性がいた。それでもニューメキシコでなくモンタナに固執したのは、寒さに耐えて生き残るというイメージが大切に思われたからだ。特約店契約は渉外弁護士の「ブレドゥンバターだ」と若いころ先輩弁護士に言われた。連載はこの回で一旦休みになった。

『女色』或《あ》る名門の御曹司がイメージにあった。彼の車の中にサーチライトを発見した時、私は小説と同じ問いかけをして、同じ答を得た。未だ携帯のない時代、夜は黒い電話機を枕元に置いているという彼に、外資系のビジネスマンの人知れぬ苦労を垣間見た。ただし、彼に小説のような女性の話があったわけではない。いつものちょっと気取った丁寧な口調で「ローストビーフの美味《おい》しい店を知っているので、一度ぜひご一緒に参りましょう」といった約束を果たさないで、彼は逝ってしまった。

『誤解』訴訟の専門用語である「メモの理論」を物語にまとめてみた。偽証についての統計は本当の話である。昔話に過ぎなければ幸いだ。

『密約』私には小体《こてい》なホテルへの奇妙な憧れがある。バロン麻布ホテルはそうした私の妄想が作り出した夢だ。

私には大川が小夜子に抱いた「尊敬心」というものが、男女の関係においてとても好ましく、大切なものに思われてならない。男と生まれて、もしこういう感情を持つことのできる女性と男女関係に陥ることがあれば、たとえそれが人生の一時期のことに留《とど》まるとしても、それだけでも素晴らしい人生だということができる、というほどにそう思っている。そのことの素晴らしさは、たまたま仕事のうえで女性の下に男性がくることとは何の関係もない。モデルは？　例えば何人かの専門職の女性は、私に尊敬心を呼び起こさないではいなかった。国籍と年齢と民族と場所を問わない。私は或るアメリカの女性弁護士と、彼女が米国大統領になったならその就任式に招待してくれることを約束している。私を夕食に迎えるために、ゆるやかに波打った亜麻色の長い髪をなびかせてホテルの一階ロビーへ来てくれた白いロングドレスの彼女を、エレベーターを間違って降りたために、私は二階の回り廊下から密かに眺めることになった。そして「『大輪の花が咲いたよう』というのはこうした情景のためにある言葉に違いない」と感嘆の声を上げそうになった。サン・ブーカという酒にコーヒー豆を三粒入れて飲むことを教えてくれたのも彼女だ。男女関係？「もし」と書いた。仮定法過去完了というのを高校生のころ習ったことがある。過去の事実に反する仮定である。現実は一つの例外もなく、常にそれでしかない。

『復活』どうやら私は「敦子」という名前が余程好きなようだ。未だ六歳だった私に成熟した女性を意識させたＢＧ――当時はそう言った。今はＯＬという――が敦子さんという名前だった。コンクリートの歩道にハイヒールの音を高く響かせて歩いていた。

『使命』サイモンとガーファンクルのレコードにヘッド・フォンで聞き入っていた友人は、今でも国家公務員をしている。学生時代、何度も私の引越しのたびに、運転免許を持っていない私のためにレンタカーの運転手をやってくれた。エレベーターのない六階へ布団袋を担ぎ上げてもくれた。お互いに団塊の世代の一員である。それが消えなくては世の中がよくならないという考えをする向きがある。かりに当たっているとしても、言われる方は「ハイ、ハイ」と二つ返事で了承できることではない。どうしたらいいのか？　私自身の課題だ。もちろん、私もいずれ手術台に乗らなくてはならないからだ。

私は主として読書をして無為の時を過ごす。読書をしない時に何をするか？　テレビを観ることもある。ビデオになることもある。そうやって山田洋次監督の『男はつらいよ』の全巻を観た。いや、それどころではない。一部の作品は何度も何度も、ビデオが擦り切れるほど観ているのである。例えば、三船敏郎の獣医さんが知床の自然の中で、寅さんに唆《そそのか》されてスナックのママである淡路恵子に中年男の恋を打ち明ける場面——これは何度観ても見飽きることがない。

別の巻に志村喬の演じていた大学の先生が亡くなってての三回忌、寅さんの義理の弟の兄弟姉妹が岡山県の備中高梁《びっちゅうたかはし》に集まる場面がある。長男が幼い頃の父親との思い出を語ってその懐かしい田舎の家を維持したいと言いだす。しかし、自宅の改築のために金が入ることを当てにしている長女は「私たちにはあの家は何の思い出もないのよ」と手厳しい。次男にいたっては「感傷だよ、感傷に過ぎない」と切り捨てる。長男は処分を決意する。

この場面は私の記憶に強く刻み込まれている。一人の人間の貴重な人生の一部は、ごく身近の人間であるはずの兄弟にとってすら感傷にしか見えない。そして、その背後にはそれぞれの人間の煩悩がとぐろを巻いている。

私の小説群は、この長男の「感傷」の類《たぐい》に過ぎないのではないかと疑う。

それよりも前の巻で志村喬の演じる大学教授が、しきりに芸者を呼んで騒ごうと誘う寅さんに向かって、「歳を取るとね、人間は面白いことなんか何にもなくなるんだよ」と言う。その大学教授、自分の妻の葬儀の日に「あれは実に欲の少ない女だったたな」と言って、さくらさんの夫である三男、博さんに非難を浴びる年老いた男が、私には他人のような気がしない。今昔物語の中の説話を寅さんに紹介する志村喬演じる諏訪教授は、実は私自身なのだ。私は短い話を書く機会を得て、こうして本にまでしていただいた。皆さんに私の話はどのように聞こえるのか。

そういえば、寅さんが柴又小学校の同窓会に出る巻がある。会が終わっての深夜、同級生のクリーニング屋が翌日の仕事があるからと帰ろうとするのを押し留めて、酔った寅さんが言う、「仕事なんかどうだっていいじゃないか。あんなちっぽけなオマエの店なんかなくなったって、世間様は痛くも痒《かゆ》くもないんだよ」。いかにも。確かに。私の話も同じことに違いない。映画の中ではその金町のクリーニング屋さんは怒って言い返す、「俺にだってお得意はいるんだ。俺がアイロンかけたワイシャツでなきゃ駄目だ、俺が糊《のり》をつけたシーツでなきゃいやだ。そういうお得意さんがいるんだよ」。私の話にもお得意さんがいるのだろうか。差し当たってそう信じることにしよう。「かのように」ということであるとしても。

二〇〇四年二月吉日

牛島　信

文庫版あとがき

私は、この掌編集を二年足らずの間に書いた。月に一度産経新聞に掲載していただき、間に数ヶ月の中休みがあった。

ほんの四、五年前のことなのに、ずいぶん昔のことのような気がする。自分が嘗《かつ》てパリのカフェーの椅子に座っていたという記憶は、私の大脳から消え去ってはいないが、もはや生々しいものではない。毎日々々、二十年間にわたって南青山のビルに通っていた私は、二年半前から千代田区で働いている。

「こぞの雪　いまいずこ」というのは、私だけの感慨ではないだろう。ライブドア以前とライブドア以後。または、ホリエモン以前と以後。日本のビジネス風景のある部分は一変した。TOBも社外取締役も、そして第三者割当増資も、見慣れた景色になっている。非競業条項は？　未だそこまでは行っていない。しかし、時間の問題だろう。

私の掌編の世界は、弁護士としての日常とは異次元の、深夜の一人だけの書斎という閉じられた空間で紡ぎだされた虚構の小宇宙だ。十七人の男たちがいて、誰もがそれぞれなりの経緯でトラブルに巻き込まれてしまったといって、丑《うし》三つ時に私の書斎の扉を叩く。そうして私は彼らの知り合いになったわけだ。

たとえば、タクシーのなかに自宅のクリーニング・サービスの広告片が置かれているのを近頃よく見る。それは四年前に、架空の人物である矢田夫妻の住んでいた『復活』の世界だ。私が十年前に、小説『株主総会』を書くことで知り合った蒔山貞次郎と道子の二人、五年前に私の友人の大木忠弁護士あてに『因縁』の手紙を書いてきたあの夫婦は、いまもカプリ島に住んでいて、年に一度はパリに出かけるのだろうか？

私自身についていえば、この四年の間にもいくつかの仕事をした。そして、私はその一々の詳細を覚えている。抽象的な理論の世界に属するというよりは、具体的な現実の世界。私のした仕事は、確かに私の人生の一部を構成している。私は弁護士という職業に就くことのできた幸運を有難く思う。

それでも、仕事の手が一瞬の間でも休まるとき、私の頭を去来したのは、「人はなんのために生きているのか？」という疑問だった。

必ずしも自分のことではない。それはたとえば、いまの日本で、企業という組織のなかに存在する一人の個人として、人はなにを目的に生きているのか？　という問いである。

最近の私は、「人の幸せは、なにかしら社会に必要とされていて、そのことに自分なりの誇りの持てること」と暫定的に結論づけている。

たとえば、である。八十歳の私は何をしていたいか、と問うてみる。もちろん、その歳《とし》まで生きている幸運に恵まれ、元気でいるという仮定のうえでのおとぎ話に過ぎない。

きっと私は、「もう自分独りで歩くだけでもやっとで、大した仕事も出来ない。でも、叶《かな》うことなら、公園の掃除、といってもほんのママゴトくらいのことだが、僅《わず》かでも給金を戴いてそれをやりたいものだ」と思うだろう。そして私は夢見るのだ。「ある日、いつも公園に散歩に来ている常連たち、子供の手を引いた若い母親、杖をついたおばあさんが、『おや、いつもこの片隅にくるけれど、今日は少し違うね。なにか分からないけど、どこかが変わったみたい』と感じてくれたら、もうこの世にいなくなってしまった私はどんなに嬉しいだろう」と。

僅かにせよ金が払われることとは、私の掃除業が社会にとって価値を持っていることを証明してくれる。私がいなくなった後に、なにか違うと感じてくれる人が存在することへの期待は、私なりの掃除への取り組みが他人に快適さを提供するものでありたいという意欲を示す。

夜、眠りに入る前に、「明日はあそこの隅を、ああ掃いてやろう、いや、こうなでつけるのがいいかもしれない」と考える。私は夢に、歳をとった昔の恋人たちが現れて私の掃除した公園を、微笑《ほほえ》みを浮かべながら散策している姿を見るだろう。

私は、人にとっては仕事が一番重要なものの一つだと考えている。人として生きていることの誇りは、どんな仕事であれ仕事で金を稼いで、自立して暮らしていることだと思うからだ（額の問題ではないし、年金として後給付になることもある。いうまでもなく、主婦は家庭で働くことによって間接に金を稼いでいる。もちろん、健康上の理由で働けない人は別論である）。

だから、会社を買収するといっても、金儲けのために無用に人から仕事を取り上げるやり方が広く支持されるとは思いにくい。

しかし、ソ連が失敗したことも前提にしなければ、今の世の経営ではあり得ないだろう。会社に、経営者に規律がなければ、社会は崩壊する。誰が、どう与えるのか？

会社の問題は、国の、人類の問題である。そういう時代が二十一世紀の初めで、そこに私たちは生きている。

だから私は、外国のファンドが蜜に引き付けられるように日本に押し寄せる今、日本の経営者に大きな期待を持っている。もし、今、ここで「日本的経営」が成功すれば、人類は新しいタイプの生きる術《すべ》を発見したことになるからだ。それを私は、「ジャパニーズ・ウェイ・

オブ・ライフ」と呼ぶ。

もちろん明日がどうなるのか、誰にも分からない。分かっていることは、誰にもこの先のことが分かっていないということだけなのかもしれない。しかし、パンドラの箱から最後に出てきたものは「希望」であったというではないか。

私は見城さんの率いる幻冬舎があったお蔭で、初めての本である『株主総会』を世に出すことができた。それから十年。見城さんにお世話になって何冊の本を出したことか。

確かに、見城さんがいなければ私の今はないだろう。

その人がいなければ今の私が存在しないほどに私にとって重要な人は、必ずしも見城さんに限らない。しかし、今回また見城さんの幻冬舎から『逆転』を文庫本にしていただくことになった。私が見城さんとの出逢いを回顧して感傷的になる理由は十分にある。ここに、こと改めて、見城さん（と幻冬舎の皆さん）ありがとうございます、と申し上げたい。

二〇〇七年六月吉日

牛島　信

解説

長坂嘉昭

世の中の曲折を予測できることは少ない。事態はゆっくりした歩みから突然ジャンプするクセがあるからだ。ただ、膨らむマグマを予見できる人は少ないながらいる。

著者が『株主総会』を世に問うた一九九七年から十年あまり経《た》つ。九七年といえば、金融動乱や総会屋事件で企業経営が激しく痙攣《けいれん》を始めた時期である。複雑な舞台の内側を人間臭いドラマで描いたデビュー作は、大企業の出しぬけの事件と共振し、衝撃のベストセラーとなった。

この頃は本当の災厄のせいぜい第一幕くらいだった。日本の旧来型のシステムが亀裂を深め、操縦桿《かん》がきかなくなった巨大な塊はその重さをもてあまし、出口の場所さえ摑《つか》めず迷走を続けた。立ち上がってきた異様な風景は日本人を丸ごと疲労と困惑の色で包み込んだ。

一作目に続く『株主代表訴訟』『買収者』、そして『MBO』……どの作品もプロットに醍醐味があり、かつ黙示的だった。前後して昭栄に対する敵対的買収や実際幾つかのMBOが実行されるなど、現実のほうが小説の後を追うように新聞の一面を飾った。

「……法律論として存立しうる以上、似たようなことが実際のビジネスの世界で起きてくるのかもしれない」。著者が『株主代表訴訟』のあとがきに書いている。

イザというとき、法律が会社や個人の命綱にも命取りにもなる法治型社会へと、世の中はピッチを上げて向かっている。法律不感症の日本人には強力な目覚まし時計も仕掛けられている。ほとんど心の準備もないまま、二〇〇九年までに国民が裁判所で被告の罪を裁く裁判員制度が導入されるのだ。

手前味噌となるが、著者は「プレジデント」誌で一年にわたって連載小説を執筆した（「第三の買収」〇六年一月〜十二月、幻冬舎から単行本化の予定）。連載時から話題となったのは、人物、テーマを丹念に掘り下げた著者の手柄である。このときも合わせ鏡のように、すかいらーく経営陣による自社株買収などが起き、世相と同時進行のスパイラルを描いた。

執筆時は、オリジン東秀に対するドン・キホーテの敵対的買収を退け、友好的買収に成功したイオン側の弁護士を、また王子製紙による北越製紙に対する敵対的買収における北越側の弁護士を務めるなど、M&Aの守護神として多忙を極めていた。

この十年余とは著者からすれば、ビジネス・ローの現場の第一線に立ちつつ、自身の内側の表現者としての抑えられない動機と向き合う作業であったのだろう。読み手からすれば、動乱の本質を喝破する、ニュータイプの時代の語り部の誕生はそれこそ必然ではなかったのか、と思う。

今、時代に開いた窓は「不可逆的な変化」を起こした——。個人の内面を追い込む事情を著者はこう説明する。「不可逆的な変化とは、一言でいえば忠誠心の剝落《はくらく》である。株主中心の経営が称賛され、人減らしがいわれ、賃下げが現実のものとして議論され、内部者の通報が奨励される時代なのである。どうして従業員に会社への無限低の忠勤を期待することができよう。変化は双方向である」(『買収者』のあとがきから)。

世の中のシステムの原理が変わらなければ、目先のルーティン作業をまっとうすることで、出世スゴロクのソロバンが立った。だが、会社や組織の旧来型の思考・行動パターンは根こそぎ変貌を遂げた。会社は平気で個人を裏切るし、もはやビジネス人生に約束の地はない。次第に万人が信じた幸せ行き切符のメッキがはげてきた。だからこそいま、原寸大の個人として発想・行動し、時に巨大な相手に異を唱える武器を備えることが必要となっているのだ。

前ふりが長くなったが、この作品は「不可逆的な変化」に直面し、惑い、悩む男たちが法を武器に会社に立ち向かう姿を描いた全十七編の短編集である。

肩たたき、左遷、出向、裏切り……あなたはビジネス人生の一番の難所に差し掛かったとき、その一本道で立ち止まるでしょうか、引き返しますか、あるいは前に進みますか……。この小説集を手にして、脳裏をかすめたのはこんな「問い」の数々だ。それは小説の主人公である団塊の世代や経営トップに共通する立ち位置、すなわち現実の惑いや不安を示すが、とりもなおさずわが身の今日でありあなたの明日を醸す。

表題の「逆転」の舞台は東証一部の電気部品メーカーである。秋田常務と上和住部長の二人によってドラマはテンポ良く進む。ある日、呼び出された上和住は密《ひそ》かに描いた本社役員抜擢《ばってき》の期待を裏切られ、業績不振の子会社行きを命じられる。「これからは、お前も、もっと幅を広げんとな」。常務との一本の絆《きずな》を信じて赴くが、ひと月後、上和住の同期が取締役候補になったと耳にする。復讐心と捨てきれない忠誠心のはざまで揺れながら、本社の不祥事を知ることになった上和住はある決断をする……。敗者の選択に目をやれば、それを一息に飲み干すにはちょっと苦い成分である。だが、これがビジネスマンの新常識となりつつあるのだろうか。

リストラに直面した造船会社の子会社社長の水森が一世一代の反乱を企てる「勇退」。悪魔は細部に宿るというが、法の世界ではなおさらだ。子会社だというのに会社の定款には株式譲渡制限が書き込まれていなかった。組織の理不尽を覆すＭＢＯに男は打って出る。リーガル・トリックともいうべき視点は著者ならではの武器である。

「勇気」は、「会社任せ」と「派閥頼み」の仕事人生を「自分次第」で活路を見出《みいだ》した男のドラマである。東証一部上場会社の子会社役員となった淀野は、本社の樺島専務の派閥に属していた。ところが、頼みの専務が急死を遂げ、ライバルの役員が子会社の閉鎖を命じる。よもやの出来事が襲ったとき、一個の人間として自分ならどうするだろうか。引くも地獄、進むも地獄なら……。

「この借りは仕事で返す」。印象的なセリフで幕を閉じる「和解」は、化学や医薬を扱う専門商社が舞台である。会社は銀行管理下に置かれている。あるとき、医薬のスペシャリスト南野部長は上役から以後嘱託として働くよう通告される。幸い世界的な医薬品メーカーが南野の実績を買い、営業担当役員の椅子を用意してくれていたが、ノン・コンペティション（競合会社への転職を規制する会社との取り決め）の落とし穴があった。暗転を打開する戦いが始まる。

短編集のすべてを紹介できる紙数がないのが残念だが、どの作品も著者の持ち味が惜しみなく披露されている。団塊世代やミドルの置かれた状況はひと括《くく》りにできない。一人ひとりに人生があり、家族がいる。名前ではなく量で見てはとうてい語りつくせない背負った事情にそれぞれの重さがある。共通するのは、まっとうに汗を流す者に向ける著者のまっすぐな目線である。

「買占め側にとっては銀行口座の数字が増えるかどうかの問題だろうが、従業員にとっては一度限りの人生をどう生きてゆくことができるのか、そのためのこれまでの努力が水の泡となるのかどうか（中略）家族が生活に困り、子供が大学進学を諦めねばならなくなるのかどうか、年老いた両親に十分な医療を施すことができなくなってしまうのかどうか、の問題なのです。要するに、生きている甲斐があるかどうか、といっていい」（著者最新エッセイ『この国は誰のものか』より）

日本という土壌の見えないマグマはまだ幾つも噴出の機会を窺《うかが》っているのだろう。カネボウ、三菱自動車、日興コーディアル証券、ライブドア……これまで取材をした実に多くの経営トップが引責に追い込まれ、逮捕された。耳を澄ませば、「私利私欲でやったのではない。ひとえに会社、組織のためだった」という、簡単には一刀両断できない彼らの叫びがこだまする。だが、これで終幕ではない。待ち受ける辛苦の正体は何か。著者は「企業経営者にとっては受難の時代の始まりである」「気をつけなくてはいけない。取締役の責任の時効は10年なのだ」（『この国は誰のものか』より）と警句を告げる。余震は働く者にも濁流となって襲いかかる。

実は著者の一貫した問いかけは、社会と自分との関係を見つめなおすこと。それこそすなわち事態に知恵のありかを探るカギではないか。処方の道しるべではないか。その答えを探す旅ではないか、と思うのだ。

――「プレジデント」編集長

この作品は二〇〇四年二月に株式会社 産経新聞ニュースサービス
（現・株式会社 産経新聞出版）より発行、株式会社 扶桑社より発売
されたものに加筆・修正したものです。

幻冬舎文庫

●最新刊
阿刀田　高
おどろき箱1

役に立たない、だけどあったらちょっと嬉しい。ある日、少年が手に入れた箱から出てくる奇妙な物が巻き起こす、おかしなおかしな出来事。短編小説の名手が贈るファンタジック・ストーリー。

●最新刊
内館牧子
なめないでね、わたしのこと

あの「男の涙」に心揺さぶられ、13歳の性体験に驚愕し、愛するが故に横綱へ愛のムチを送る。人気脚本家として横綱審議委員として日々の喜怒哀楽を包み隠さずユーモラスに描く痛快エッセイ。

●最新刊
沖田正午
丁半小僧武吉伝　穴熊崩し

川越の呉服問屋に奉公する武吉は、夜舟に乗り江戸へと向かっていた。その船上で仕組まれていたいかさま賭博とは。賽子勝負で悪人たちを懲らしめる、丁半博奕の天才少年を描く痛快時代小説！

●最新刊
鳥羽　亮
影目付仕置帳　われ刹鬼《せっき》なり

陸奥・高館藩の藩士が何者かに斬殺された事件は、老中・松平信明がその内偵を命じた影目付をおびき出すための巧妙な罠だった——。手に汗握る書き下ろし時代ハードボイルド、待望の第四弾。

●最新刊
森巣　博
蜂起

おかしなことが多すぎて、もはや善良な民を演じることは不可能。暴走し始めた非国民達の憤怒が「日本」というシステムを炎上させる。破壊こそが目的。日本人よ、銃を取れ！　傑作長篇小説。

逆転《ぎゃくてん》　リベンジ

牛島《うしじま》信《しん》

平成19年6月10日　初版発行

発行者——見城徹
発行所——株式会社幻冬舎
〒151-0051東京都渋谷区千駄ヶ谷4-9-7
電話　03(5411)6222(営業)
03(5411)6211(編集)
振替00120-8-767643

印刷・製本—中央精版印刷株式会社

装丁者——高橋雅之

万一、落丁乱丁のある場合は送料小社負担でお取替致します。小社宛にお送り下さい。
定価はカバーに表示してあります。
Printed in Japan © Shin Ushijima 2007

幻冬舎文庫

ISBN978-4-344-40961-3　C0193　う-2-5